SP F

DENTON
JA
Paraiso
Denton, Jamie Ann.
Un paraíso tropical

WITHDRAWN

WORN, SOILED, OBSOLETE

S0-ATW-586

Provided
by

Measure B

which was approved by
the voters in
November, 1998

Un Paraíso Tropical

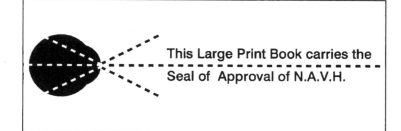

This Large Print Book carries the
Seal of Approval of N.A.V.H.

Un Paraíso Tropical

Jamie Denton

Thorndike Press • Waterville, Maine

Copyright © 2001 Jamie Ann Denton.

Título original: Under the Covers

Todos derechos reservados.

Todos los personajes de este libro son ficticios. Cualquier parecido con alguna persona, viva o muerta, es pura coincidencia.

Published in 2005 by arrangement with Harlequin Books S.A.
Publicado en 2005 en cooperación con Harlequin Books S.A.

Thorndike Press® Large Print Spanish.
Thorndike Press® La Impresión grande española.

The tree indicium is a trademark of Thorndike Press.
El símbolo del árbol es una marca registrada de Thorndike Press.

The text of this Large Print edition is unabridged.
El texto de ésta edición de La Impresión Grande está inabreviado.

Other aspects of the book may vary from the original edition.
Otros aspectros de éste libro podrían variar de la edición original.

Set in 16 pt. Plantin.
Impreso en 16 pt. Plantin.

Printed in the United States on permanent paper.
Impreso en los Estados Unidos en papel permanente.

Library of Congress Cataloging-in-Publication Data

Denton, Jamie Ann.
    [Under the covers. Spanish]
    Un paraiso tropical / Jamie Denton.
        p. cm. — (Thorndike Press large print Spanish)
    Translation of: Under the covers.
    ISBN 0-7862-7518-9 (lg. print : hc : alk. paper)
    1. Large type books.   I. Title.   II. Thorndike Press large print Spanish series.
    PS3604.E59518U53 2005
    813′.6—dc22   2005000416

Un Paraíso Tropical

Capítulo uno

Exhausto, el detective Blake Hammond se dejó caer en el butacón de cuero, se echó hacia atrás y puso los pies en el borde de la mesa. Miró el reloj de pared y sonrió levemente deseando terminar la improductiva noche de vigilancia. En menos de doce horas, estaría en un 747 camino de Hawai. Allí, solo tendría que tomar ron con fruta y observar a las bellezas al sol.

La vida iba a mejorar. En el último mes no había hecho ni un solo arresto. Llevaba un par de semanas sospechando que el caso que estaban investigando no llevaba a ninguna parte. Se habían cometido una serie de robos en un barrio elegante de Los Ángeles y su teniente los tenía a Lucas Stone, su nuevo compañero, y a él sobre la pista. Los robos eran limpios, no forzaban puertas y no dejaban ni una sola huella.

—No hace falta que te relamas, Hammond —le dijo Luke dejando unos documentos junto a sus pies—. Piensa en los que nos quedamos aquí lidiando con los delincuentes.

—Tengo derecho a relamerme —rio Blake

7

poniendo los pies en el suelo—. No he tenido vacaciones en tres años. Lo único que voy a vigilar las dos próximas semanas van a ser cuerpos en biquini oliendo a coco.

—Estupendo —comentó Luke—. Yo con el aburrido de Pearson y tú en la playa. No es justo.

—Ya sabes que la vida no es justa —contestó Blake sin remordimientos mientras el teniente Forbes salía de su despacho.

—Hammond, ven un minuto —ladró con el ceño arrugado.

Blake miró a su compañero y Luke se encogió de hombros.

—Cierra la puerta —ordenó Blake cuando hubo entrado. Se apoyó en el borde de la mesa y Blake se sentó en el sofá—. Tus vacaciones quedan canceladas.

Blake se levantó de un brinco.

—No, de eso nada —contestó. Necesitaba unas vacaciones, descansar; estaba al límite. La semana anterior, incluso se había pasado un poco con un sospechoso. Menos mal que Luke estaba allí para calmarlo. Aquello le había dado mucha vergüenza. Normalmente era una persona calmada y paciente, pero estaba frustrado y necesitaba unas vacaciones.

Un policía cansado cometía errores. Un policía con demasiado trabajo era peligroso.

Un policía frustrado era mortal.

—Llevo tres años sin librar —protestó—. Teniente, estoy cansado. Necesito esas vacaciones.

Forbes se cruzó de brazos.

—Lo sé y créeme que no te haría esto si no fuera absolutamente necesario. Necesito un agente infiltrado para trabajar con la DEA.

—¿La DEA? Venga, teniente. No tengo ganas de vérmelas con un agente gubernamental meticuloso y estirado. Déselo a Stone. Estoy cansado.

—Stone ya tiene bastante con los robos. Tú eres el único que tiene dos semanas libres.

—Sí, pero para irme al Caribe, no a trabajar con un arrogante de la DEA.

—No será para tanto.

Blake se rio sin ganas.

—¿Sí? ¿Con la DEA? Eso es como decir que la CIA ha cambiado sus métodos de interrogatorio por unos más suaves y carismáticos. Cuénteme otro cuento, teniente.

—Hammond, soy su superior —le recordó Forbes con frialdad—. Se trata de una situación especial y lo necesitan.

Blake tomó aire para calmarse.

—¿Es una orden? —preguntó mirándolo con dureza.

—Sí, Hammond, es una orden —contestó

su jefe mirándolo igual de duramente.

Blake sintió que la tensión le subía por la columna y se instalaba en la nuca.

—Bien —dijo tomando aire de nuevo—. Me tendrán que pagar el dinero del billete.

Forbes asintió.

—Esto viene de arriba, así que no creo que haya problema.

—¿De qué se trata? —preguntó resignado.

Forbes abrió una carpeta.

—No es un problema que ataña únicamente a nuestra ciudad. Parece ser que hay una nueva droga de diseño en toda la Costa Oeste. Sabemos que hay casos también en el Medio Oeste y va hacia la Costa Este.

—¿Colombianos? —preguntó. Estaba acostumbrado a esos temas como buen policía de antivicio que era. Lo de los robos había sido una cosa puntual pues el soplón solo quería hablar con Luke.

—No. Según Ronnie Carmichael, el agente con el que vas a trabajar, esta nueva cocaína sintética entra por Avalon.

—¿Isla Catalina? —preguntó. «Interesante». Aquella isla de Carolina del Sur era más un lugar de lunas de miel que de tráfico de drogas—. ¿Cómo la pasan?

Llamaron a la puerta.

—La DEA sospecha que en la están sacando en helicóptero o en lanchas desde el puerto de Avalon —contestó yendo hacia la puerta—. Se hacen más de veinte trayectos al día entre Avalon y Long Beach.

—Eso es mucho.

—Además, los guardacostas no han prestado nunca demasiado atención al servicio de taxis acuáticos.

—Eso podría explicarlo todo.

—Eso es lo que tú tienes que averiguar —dijo Forbes abriendo la puerta— y con lo que tienes que acabar.

En el umbral había una mujer. No una mujer cualquiera, no, era una mujer de quitar el hipo. Blake la miró a los ojos, de un inquietante azul turquesa, y sintió que se le salía el corazón del pecho.

—Perdón por llegar tarde —dijo ella.

Miró a Forbes apartando de su mente aquel momento de excitación que Forbes hubiera jurado que ella también había sentido. Tenía una voz delicada y un acento sureño de los más sexy, además de una sonrisa maravillosa.

Forbes la hizo pasar y Blake observó sus movimientos. No tenía ni idea de quién era, pero tenía unas piernas de esas que hay que sentarse para admirar. Eran delgadas y bien formadas, como toda ella. En cuanto a mujeres, Blake se tenía por un experto. Y según su opinión de experto, aquella mujer de pelo castaño y curvas estupendas era mucho más guapa que la anterior secretaria.

Cruzó la estancia hacia las dos sillas que había frente a la mesa de Forbes. Blake se levantó para que se la presentaran.

Llevaba una falda recta en color melocotón y una blusa de flores que realzaba el color de sus ojos. Le solían gustar altas, pero estaba dispuesto a hacer una excepción.

Ella lo miró y él le dedicó una de sus mejores sonrisas. Vio que ella enarcaba las cejas y lo miraba de arriba abajo sin el menor interés. A él le dio igual. De todas formas, el departamento tenía reglas muy estrictas en cuanto a la confraternización de los empleados.

—Blake, te presento a la agente especial Verónica Carmichael, de la DEA. Ronnie va a ser tu compañera estas dos semanas.

—Es una broma, ¿no?

Era imposible. Los agentes de la DEA con los que él había tratado eran tipos fuertes y arrogantes, que bebían demasiado, no paraban de decir tacos y tenían por costumbre no hacer prisioneros. Aquella mujer no parecía aguantar ni una leve brisita. Para qué hablar de derribar a un sospechoso.

—Le aseguro, detective —contestó ella con decisión—, que no soy para tomarme a broma en absoluto.

—¿Va a ser mi compañera?

—Espero que no le plantee un problema aceptar órdenes de una mujer —sonrió ella.

—¿Órdenes? —repitió Blake con incredulidad—. Me he debido de perder. ¿Le importaría empezar por el principio?

—No hay ningún error, detective. Esta operación es de la DEA y nosotros mandamos. Como mis superiores se han encargado de comunicarle a su teniente, recurrimos a la policía de Los Ángeles solo para que se haga cargo de los trámites jurisdiccionales. Su presencia es un mero ofrecimiento simbólico de cooperación.

—Un momento, agente Carmichael —dijo Blake irritado. Tal vez, si no hubiera estado tan cansado, habría pasado por alto su tono y su arrogancia, pero se acababa de quedar sin vacaciones por su culpa.

Dio un paso hacia ella.

—No soy ni ofrecimiento simbólico ni nada por el estilo. Es usted la que está en mi territorio, preciosa y, por lo tanto, jugaremos según mis normas.

—Me llamo agente especial Carmichael. Puede llamarme Verónica, pero prefiero Ronnie —apuntó ella colocándose un mechón de pelo detrás de la oreja—. Le sugiero encarecidamente que no vuelva a llamarme cariño, preciosa, muñeca ni guapa. Si le cuesta demasiado recordar mi nombre, diríjase a mí como agente especial al mando. Sería una pena manchar su bonito expediente con una denuncia por acoso sexual.

Blake la miró mientras contaba hasta diez. Siguió hasta treinta y cinco. No solía perder nunca la paciencia. Era conocido, precisamente, por tratar bien a los detenidos y conseguir de ellos por las buenas la información que se necesitara. Las mujeres también se le daban bien y eso de que aquella sureña se le resistiera no le estaba gustando. Le hubiera gustado irse en aquel mismo momento y renunciar a la misión, pero vio la cara de Forbes y decidió no hacerlo. Parecía estar diciéndole «te ha puesto en tu sitio». Además, adoraba su trabajo.

—Estaba informando a Blake sobre el caso —terció el teniente.

Blake esperó a que Ronnie se sentara para hacer lo propio. Se sentó en el borde de la silla, dejó su carpeta sobre la mesa, colocó las manos delicadamente arregladas en el regazo y lo miró.

—Según nuestra investigación, la actividad principal está en una de los complejos más exclusivos, donde tenemos a dos agentes trabajando en un hotel de incógnito desde hace un mes y medio.

—¿Para qué necesitan otro agente?

Avalon no era muy grande y a la DEA le gustaba hacer las cosas en solitario.

Sonó el teléfono y Forbes contestó. Les hizo una señal para que continuaran.

—Sabemos dónde fabrican la droga y sospechamos que la distribuyen desde la isla —contestó Ronnie mostrándole unas cuantas fotografías en blanco y negro—. No sabemos quién está involucrado. Por desgracia, nuestros agentes no han podido hacerse con pruebas desde sus puestos en el servicio de limpieza y en el bar.

—Y ahí es donde entro yo —dijo Blake mirando las fotos. No le sonaba ni las caras ni los nombres de los sospechosos, pero decidió buscar sus historiales en cuanto terminara aquella reunión—. Supongo que nuestra misión es conseguir esas pruebas.

Ella sonrió levemente y Blake advirtió que se le formaba un hoyito cuando lo hacía.

—Exacto. Los agentes Anderson y McCall están empleados a tiempo completo y no pueden encargarse. Como es un lugar muy exclusivo, solo se permite la entrada de los empleados en horario de trabajo. Por eso, las actividades de Anderson y de McCall se han visto seriamente dañadas.

—¿Y por qué cree que nosotros vamos a tener mejor suerte?

Forbes colgó y sonrió a Ronnie.

—Perdóneme, agente especial Carmichael, pero tengo que ir a una reunión.

Blake frunció el ceño. Forbes se estaba comportando como un angelito con aquella mujer.

—Utilice mi despacho sin problema.

—Gracias, teniente —sonrió Ronnie.

—Sales para la isla mañana por la mañana —añadió dirigiéndose a Blake—. Carmichael te informará del resto.

Se fue dejándolos a solas. Ronnie carraspeó y Blake se preguntó si no estaría más nerviosa de lo que aparentaba.

—La agencia necesitaba a alguien dentro y ha dado carta blanca —dijo ella—. Lo primero que tenemos que hacer es descubrir cómo transportan la droga dentro de la isla y quiénes son los cabecillas del negocio.

—Entiendo que la DEA no quiera problemas de jurisdicción, pero ya tienen a dos agentes allí. ¿Por qué cree que nosotros vamos a tener más suerte?

—Porque vamos a ir de incógnito, pero no como empleados —contestó bajando la mirada.

—¿Y por qué yo?

—Su teniente nos dijo que era el único agente del que podía prescindir y que... diera el perfil.

Blake arrugó el ceño.

—¿Qué perfil?

Ronnie suspiró y lo miró.

—He leído su expediente, detective. Tiene amplia experiencia en el tema, cumple con el perfil y estaba disponible.

—¿Qué perfil? —preguntó por segunda vez.

—Tiene treinta y un años, ¿verdad?

—¿Y? ¿Qué tiene que ver mi edad con una investigación interdepartamental?

Ella ladeó la cabeza y lo miró con escepticismo.

—¿Su teniente no se lo ha dicho?

—¿Qué me tenía que decir? —preguntó buscando en el bolsillo los antiácidos que había empezado a consumir hacía dos semanas.

—Detective, el complejo que estamos investigando se llama Seaport Manor.

Él se encogió de hombros. El nombre no le decía nada.

Ella se mordió el labio inferior.

—Seaport Manor es un lugar para pasar la luna de miel.

—No sé si acabo de entenderlo…

—Mañana por la mañana salimos hacia allí. Habrá un taxi esperándonos para llevarnos al puerto privado de Seaport Manor, donde vamos a pasar dos semanas recogiendo todas las pruebas que podamos. Estamos registrados como St. Claire, una de las mejores familias de Savannah, Georgia.

—¿Cómo?

—Sí, detective. Blake y Verónica St. Claire van a pasar dos semanas en Seaport Manor como recién casados —sonrió triunfal—. Bienvenido a Operación Luna de miel, guapo.

Capítulo dos

Ronnie sonrió muy satisfecha a aquel detective tan guapo y vio cómo se iba al garete su arrogancia. Su sonrisa palideció cuando lo vio mirarla con aquellos ojos grises.

—Búsquese a otro policía para jugar a las casitas —dijo apartando la silla con furia—. No me interesa.

A Ronnie se le borró la sonrisa de la cara. No había otro policía y ella tenía que cumplir con la misión. Por asuntos de jurisdicción, se había visto obligada a trabajar con un agente de policía de Los Ángeles en lugar de con su compañero habitual. En su fuero interno, daba gracias por ello ya que lo último que le apetecía era hacerse pasar por la esposa del hombre que le había hecho la vida imposible durante tres años. Tendría que haber seguido su camino y haber intentado alcanzar sus sueños y no cumplir una profecía que ni había pedido ni quería.

Se giró en la silla.

—Me temo que no tiene usted opción —le dijo viéndolo ir hacia la puerta—. Su departamento dijo que no habría ningún problema; usted es el único agente disponible y me aseguraron…

—Me importa un bledo lo que le aseguraran —dijo dándose la vuelta furioso.

—Mire, siento mucho que no le guste la misión, pero es lo que hay —le contestó levantándose—. Necesitamos agentes infiltrados que puedan moverse por el complejo con libertad. Es un complejo para recién casados. No podemos ir como solteros porque sospecharían en cuanto pusiéramos un pie allí.

Blake suspiró impaciente.

—¿De verdad cree que se van a tragar que somos recién casados?

Ronnie sonrió.

—Por lo que he leído, usted es muy bueno en lo suyo y estoy segura de que sabrá cómo hacer que se lo crean.

Ronnie vio que algo cambiaba en su forma de mirarla y sintió un escalofrío por la espalda. Iba hacia ella, pero no se movió.

Se paró a pocos centímetros de ella, tan cerca que olía su colonia. Maldijo su mala suerte. ¿Por qué no le había tocado un agente mayor y menos viril? Aquello de compartir habitación en un lujoso complejo con un agente que le parecía de lo más guapo no la atraía en absoluto.

«O, tal vez, demasiado», pensó.

Era mejor saber como era. Así podría

protegerse, ¿no? Ya había perdido una vez la cabeza por el hombre incorrecto y debía recordar que Blake no era más que el medio para conseguir un fin que le daría la oportunidad de alcanzar su sueño.

Sí, sabía cómo eran los hombres como Blake Hammond. Engreídos y seguros de sí mismos, de sonrisa arrebatadora y atractivos, capaces de dejar a cualquier mujer con la boca abierta; ojos bonitos y mirada sensual, voz suave, cuerpo fuerte y musculoso en las zonas adecuadas. Perfecto. El tipo de hombres de los que ella había jurado mantenerse alejada. Un desliz sería suficiente para estar toda la vida arrepintiéndose. No, gracias.

Dejó de pensar y se concentró en las arrugas de fatiga que tenía Blake alrededor de los ojos. Intentó ignorar cómo se le aceleró el pulso cuando él le miró la boca.

No iba a cometer el mismo error dos veces.

—Me ha amenazado usted con denunciarme por acoso sexual. ¿Cómo quiere que me haga pasar por su marido con esa amenaza sobre mi cabeza?

Sabía a lo que se refería. Los recién casados no solo hablaban… se tocaban, se acariciaban, se besaban. Sí, se besaban larga y apasionadamente, se daban esos besos de fuego y peligro.

Blake se acercó.

Ella dio un paso atrás.

Él avanzó de nuevo.

—Los recién casados están enamorados y se comportan como tales, agente especial al mando —dijo él con voz melosa—. ¿Me va a denunciar cada vez que tenga que hacer algo así a pesar de que sea para mantenernos con vida?

Levantó la mano y se la puso en la nuca. A Ronnie le costaba respirar. Le acarició el pelo y Ronnie le puso la mano en el pecho para mantener las distancias.

«Craso error», pensó. Apretó los dedos y sintió íntimos deseos de quitarle la camisa allí mismo.

Debería haber pasado ya la edad de sentir aquel tipo de cosas. El deseo había estado a punto de costarle la vida. El deseo y un agente que operaba al otro lado de la ley. Lo descubrió demasiado tarde. Aunque Asuntos Internos había dicho que ella estaba libre de toda culpa y su expediente seguía impoluto, su cerebro y su corazón habían sufrido las consecuencias.

—Tengo órdenes, detective —dijo con falsa valentía. Decidió no tocar a aquel hombre en las siguientes dos semanas y se le antojó más fácil comunicarle a su familia que se iba de la DEA—. Y usted, también.

—¿Eso incluye besar a mi «mujer» en público?

Ronnie ahogó un grito de sorpresa.

—Haré lo que sea necesario para que esta operación salga bien. Si eso incluye un par de besos, no hay problema.

Blake sonrió y ella sintió que le flaqueaban las piernas.

—¿Y qué hay de tocarse? —susurró él.

—Si debo hacer el sacrificio de que me toque, lo haré. Es parte del trabajo.

—¿Sacrificio? —repitió soltándola con una sonrisa sensual—. Ninguna mujer me ha dicho nunca que sentir mis caricias haya sido un sacrificio.

Ronnie estaba segura de ello y ese era, precisamente, el problema.

—Siempre hay una primera vez para todo —contestó con la esperanza de convencerlo, o quizá de convencerse a sí misma de que no la afectaban sus encantos.

Blake retrocedió, echó los hombros hacia atrás y se masajeó la nuca. Estrés.

—Me voy a casa, Carmichael. Llevo casi treinta y seis horas sin dormir y estoy molido. Tiene razón, no tengo opción, pero antes de irnos a ningún sitio quiero que quede una cosa muy clara.

—¿Sí? —preguntó intentando sonar calmada.

—Estoy dispuesto a jugar, pero con mis normas. Lo toma o lo deja.

—Pero si no sabe nada del caso.

Él se encogió de hombros y fue hacia la puerta.

—Por eso usted me va a poner al tanto de todo. Esta noche.

—¿Esta noche? Pero...

—Esta noche —repitió con frialdad—. A las siete en mi casa. La dirección está en mi ficha. La cena corre de mi cuenta.

Ronnie sopesó la situación y no encontró ninguna excusa profesional para no ir. La idea de estar a solas con él la aterrorizaba.

—Muy bien —contestó a su pesar—. Hasta las siete.

Lo vio irse y se sentó. Le temblaban las piernas. Se preguntó cómo iba a hacer para fingir deseo absoluto por el hombre más sensual que había conocido en su vida cuando las líneas entre ficción y realidad se le estaban desdibujando.

Blake golpeó la maquinilla de afeitar en el lavabo y maldijo su suerte y a su teniente.

—Recién casados —musitó. Estaba acostumbrado a trabajar de incógnito, pero ninguna misión le había hecho tener sueños eróticos.

Pasar dos semanas con una agente guapa pero engreída no era la mejor fantasía sexual precisamente. Con la agente Carmichael el acoso sexual estaba a la vuelta de la esquina. Ya había estado a punto de besarla. Menos mal que el sentido común se lo había impedido.

Las mujeres y la placa no eran compatibles. El divorcio de sus padres cuando él tenía diez años así lo confirmaba. Él mismo lo había visto en sus compañeros. Casi la mitad del departamento estaba divorciado. Solo una mujer muy especial podía aguantar estar casada con un policía. No todas entendían tantas horas de servicio ni tantas ausencias en misiones arriesgadas. No todas entendían que, cuando se despedían de sus maridos por las mañanas, podía ser la última vez que los vieran con vida. Esa era una de las razones por las que no se había casado. Había estado a punto de hacerlo una vez, pero había sido hacía mucho tiempo.

Dejó de pensar en eso tan desagradable cuando llamaron a la puerta. Se lavó y secó la cara y fue a abrir.

Había rezado para que la reacción que Ronnie Carmichael había tenido sobre él aquella mañana hubiera sido producto de la falta de sueño, pero no fue así.

Llevaba el pelo recogido en una cola de

caballo y unos pantalones cortos que dejaban al descubierto sus maravillosas piernas.

—O está usted podrido de dinero o acepta sobornos —sonrió al entrar. Blake percibió el olor a flores de su colonia y pensó en los puntos de su piel sobre los que se la habría echado.

Frunció el ceño y cerró la puerta.

—Menudo saludo.

—Me gusta su casa —contestó ella sonriente—. No sabía que la policía de Los Ángeles pagara tan bien.

—No paga bien —dijo Blake guiándola hasta el salón, que daba al Pacífico—. La familia de mi madre tiene dinero y me compré este piso hace un par de años cuando heredé, pero no creo que sea asunto suyo.

Ronnie dejó el maletín que llevaba junto a la mesa y se encogió de hombros.

—No, pero preferiría no estar liada con un agente que acepta sobornos.

—Para llevar placa, tiene usted un concepto muy malo de la policía.

Ella se metió las manos en los bolsillos de los pantalones y miró por la ventana, desde la que se veían las olas en la playa y el cielo rojo del atardecer. El marco perfecto para un romance. Una pena que la agente Carmichael fuera solo trabajo.

—He visto muchos agentes corruptos en

los últimos años —contestó.

—¿Sospecha o certidumbre? —preguntó. Por desgracia, él acababa de enterarse de un compañero que se había pasado al otro lado de la ley y aquello le había dejado muy mal sabor de boca.

—Certidumbre —respondió girándose hacia él—. Qué vistas tan bonitas.

—He pensado en cenar en el estudio.

—¿Vamos a cenar aquí?

Blake intentó no sonreír al percibir una nota de pánico en la voz de ella. ¿No sería que su mujer temporal no pasaba tanto de él como quería hacerle ver?

—Bueno, si prefiere podemos ir a un local público donde… nos pueden oír.

—Aquí está bien —contestó sentándose en el borde del sofá.

—¿Quiere beber algo? —preguntó Blake yendo hacia la cocina.

—Luego quizá.

—Me refería a té con hielo. Tenemos que trabajar.

—Ah —dijo sonrojándose—. Entonces, sí, gracias.

Colocó el maletín en el sofá y lo abrió. Cuando Blake volvió con el té, tenía unas cuantas fotografías sobre la mesa.

Le dio su vaso y se sentó a su lado. La vio tensarse y respirar profundamente. Estaba nerviosa. Nadie se iba a creer que eran recién casados si, cada vez que se acercara a ella, reaccionaba así.

Se inclinó y miró las fotos.

—¿De dónde es usted, Carmichael? —le preguntó intentando que se sintiera más cómoda.

Estaba sentada en el borde del sofá, con las rodillas apretadas y el vaso entre las manos. Tamborileaba con las uñas en el cristal. Llevaba la manicura perfectamente hecha. Le costó imaginársela disparando, aunque fuera cuestión de vida o muerte.

—En Savannah, pero vivo en Nueva York —contestó—. Por cierto, St. Claire es el apellido de soltera de mi madre.

—Hay algo que me intriga.

—¿Sí?

—Usted no parece de la DEA.

Ronnie dejó escapar un suspiro.

—Es una historia muy larga —contestó con prudencia. Aquello no hizo más que acrecentar la curiosidad de Blake.

Se miraron a los ojos.

—Tenemos toda la noche —dijo él imaginándose las escenas eróticas que aquella frase llevaba aparejadas.

—Tres generaciones de mi familia han sido agentes federales. Mi abuelo, dos tíos, cuatro primos y mi padre son de la DEA.

Todos esperaban que yo siguieran la tradición.

A Blake le pareció percibir un brillo de rencor en sus ojos y pensó que lo último que necesitaba era una compañera así.

Le quitó el vaso de las manos y Ronnie se estremeció antes de dejar las manos en el regazo.

—Así dicho no parece que le hiciera mucha gracia.

—Soy una agente, detective, y soy buena...

—Blake.

—¿Cómo?

—Será mejor que se acostumbre a llamarme Blake si se supone que mañana vamos a estar casados. No querrá que nos descubran, ¿verdad?

—No se preocupe, Blake —sonrió ella—. Soy muy buena en mi trabajo.

—No lo dudo —contestó él sinceramente.

—He participado en operaciones de incógnito antes y sé cómo actuar en situaciones peligrosas.

—Si sigue dando respingos y tamborileando con las uñas en los vasos cada vez que me acerco a usted, no creo que nos vaya a ir muy bien.

—No sé de qué me está hablando.

—He estado observándola, Ronnie. En cuanto me acerco, se pone a tamborilear en el vaso —le explicó acercándose. Pasó el brazo por su espalda y le miró las manos. Tenía los nudillos blancos de la fuerza con la que se estaba agarrando la falda—. Con usted, nos pillan seguro.

Ella hizo amago de retirarse, pero él no se lo permitió.

—Siempre tamborileo —se defendió—. Me ayuda a pensar.

—Claro —dijo él acercándose más.

—No me conoce lo suficiente como para decir esas cosas.

—Si la rozo —dijo posando la mano sobre su rodilla—, da un respingo.

—No esperaba que me tocara, solo ha sido eso.

Blake percibió el pánico en su voz, pero no paró. Si se iba a meter en aquella operación, tenía que saber que su compañera estaba a la altura de las circunstancias. Le acarició la rodilla con el pulgar.

Ella se arrebujó contra el respaldo del sofá. Con la otra mano, Blake le acarició el cuello haciéndola temblar.

—Mañana seremos marido y mujer y tenemos que hacer que los que estén a nuestro alrededor crean que estamos enamorados. Eso incluye tocarse —dijo acariciándole la pierna. Blake se dio cuenta de que ella no temblaba de nervios ni de miedo sino de deseo.

—Yo...

—Y besarse —añadió rozándole los labios.

—Pero...

—E intimar —concluyó—. Nuestras vidas van a depender de que finjamos de manera convincente.

—Puedo resultar de lo más convincente —pro testó ella.

—Demuéstrelo.

—¿Cómo?

—Béseme.

Capítulo tres

—Esto es ridículo —dijo Ronnie apartándolo y poniéndose en pie.

Blake la agarró de la muñeca.

—Te hablo muy en serio —dijo él con una mirada que hizo que a Ronnie se le acelerara el corazón todavía más—. No eres una civil. Sabes que las cosas pueden salir mal. ¿Quieres terminar en un ataúd?

¿Por qué no dejaba de acariciarle el interior de la muñeca con el pulgar? ¿No se había dado cuenta de que la estaba volviendo loca?

—No soy una novata.

—Bien, entonces, sabes que tenemos que resultar de lo más convincentes.

—Claro que lo sé —le contestó irritada cuando él se levantó.

¿Por qué le estaba haciendo aquello? ¿Sabía que había estado soñando con besarlo todo el día? ¿Se habría dado cuenta de que había estado a punto de obedecerle cuando le había dicho que lo besara?

Rezó para que no hubiera sido así. A pesar de que se le acelerara el corazón cuando lo tenía cerca, no era más que su compañero temporal y no podía ni debía ser nada más.

Blake le puso la otra mano en la nuca y la obligó a levantar la barbilla y a mirarlo a los ojos.

—Entonces, bésame —le dijo—. Bésame y convénceme de que soy el único hombre en el mundo que quieres que te bese.

—Por si no te has dado cuenta, no tenemos público —consiguió decir con el pulso a mil por hora.

Sin decir una palabra, Blake comenzó a andar sin soltarla.

—¿Adónde vamos?

—A encontrar público —contestó él abriendo la puerta principal.

—Esto es una locura —exclamó Ronnie— Estás loco.

—No es una locura querer que no lo maten a uno. Por aquí.

Ella suspiró y lo siguió por unas escaleras de madera que llevaban a la playa. Iban hacia un grupo de palmeras. Ronnie oteó el horizonte y vio a su público. Era una pareja mayor que andaba por la orilla con su perro. También había un grupo de adolescentes haciendo una fogata.

Blake se paró al llegar a las palmeras.

—Ponme los brazos en el cuello —le dijo.

—Me parece que estás llevando esto un poco lejos —protestó ella obedeciendo porque sabía que sus vidas dependían de que los tomaran por una pareja feliz. ¿Cómo lo iban a conseguir si rehuía que la tocara? Tenía que ser fuerte y recordar que era una farsa. Una misión. La última, si todo salía bien.

Blake le puso las manos en la cadera.

—Como si fuera de verdad, Ronnie.

«Si quiere una buena actuación, se la voy a dar», pensó.

Aquella era su misión y no podía dejar que aquel detective sexy y arrogante se la arrebatara.

Le acarició el pelo de la nuca y lo miró a los ojos.

—No espere una declaración de amor, detective —le dijo con voz ronca.

—Blake —dijo él besándole el cuello.

Ronnie ahogó un grito de asombro al sentir sus labios y echó la cabeza hacia atrás. No porque fuera maravilloso lo que le estaba haciendo sino para que la actuación fuera convincente.

«Sí, sí, claro», le dijo la voz de su conciencia.

—Dilo —le dijo Blake con voz dulce.

Ronnie sintió las manos de él subir hasta justo debajo de sus pechos y cerró los ojos de placer. Sintió un calor intenso en la tripa.

Blake la mordió justo debajo de la oreja. Ronnie no podía hablar. No habría podido aunque su vida dependiera de ello.

—Dilo, Ronnie.

—¿Qué? —consiguió decir en un hilo de voz.

—Blake. Di mi nombre —contestó él dándole besitos por el cuello—. Dilo.

Sintió su boca a escasos milímetros y abrió los ojos. Quería que la besara.

—¿Es necesario?

—Si quieres que no te maten… tienes que estar acostumbrada a decir mi nombre.

Ronnie tragó saliva. Aunque su cerebro le decía que solo era una farsa, su cuerpo estaba empezando a pensar por su cuenta y aquello era peligroso.

—Blake —musitó entregándose al deseo. Le inclinó la cabeza desde la nuca para que la besara.

Sus labios se movían en un baile seductor que la hizo enloquecer. Su lengua la atormentó hasta hacerla temblar. Sabía dulce, como el té.

Sintió su mano deslizarse desde su cadera hasta sus nalgas. Ronnie gimió y se acopló a su cuerpo. Sintió los vaqueros contra su piel, su torso firme… y el deseo la invadió. Él había despertado a la bestia que habitaba dentro de ella.

Con una mano, él le estaba acariciando la espalda y con la otra le tomó un pecho. Dejó de oír la música de los chicos y se concentró en el placer que le producía el pulgar haciendo círculos alrededor de su pezón.

Deslizó las manos hasta el pecho de él pasando por sus hombros. No quería que aquel beso se acabara jamás.

Y finalmente se apartó maldiciendo no poder seguir entre sus brazos y acabar lo que habían empezado.

—¿Suficientemente convincente… Blake? —le preguntó calmada a pesar de que se sentía como una gatita frente a un San Bernardo.

—Sí —contestó él—. Muy convincente.

—Bien —dijo Ronnie volviendo a la casa con una sola idea en mente: una buena ducha helada.

Blake estaba muy convencido. Convencido de que lo habían echado a los leones.

Siguió a Ronnie a paso lento para ver si conseguía controlar su libido en el trayecto. Había quedado completamente arrebatado por ella. No podía permitir que aquello volviera a suceder. No podían cometer errores, les iba la vida en ello, y perder el control, desde luego, era un gran error.

No había sido un beso delicado sino ardiente. No quería ni pensar en lo que podría haber ocurrido si ella no le hubiera puesto fin. Hacerle el amor era una tentación difícil de superar, pero sería tan inteligente como ponerse en el borde de un rascacielos durante una ventisca.

Era la segunda vez que perdía el control y aquello no le gustaba. Primero con el detenido que había estado a punto de pulverizar y ahora con ella.

No necesitaba vacaciones, no, sino una buena ducha fría.

Decidió recuperar la compostura al entrar en casa, ir derecho a la cocina y llamar para que les llevaran un par de emparedados de carne.

Por suerte, ella no se acercó mientras preparaba la ensalada. Tenían que trabajar. No había sitio para las distracciones.

Diez minutos después, la primera distracción apareció en la cocina en forma de maravillosa sonrisa. Deseó volver a besarla.

—¿Te ayudo? —le preguntó con dulzura.

«Sí, que te buscaras otro compañero me sería de gran ayuda», pensó.

—No, gracias.

Sintió una punzada en el estómago al imaginársela dos semanas con otro hombre. Intentó concentrarse en los champiñones que estaba cortando. Ella se acercó, apoyó los codos en la encimera y tomó un tomatito de la ensaladera. Entonces, solo se puso concentrar en cómo la camiseta le marcaba el pecho.

—De pequeña, me solían regañar por hacer esto —dijo sonriendo y tomando otro tomatito.

—¿Malos modales para una señorita del sur? —le preguntó acercándole la ensaladera.

Ronnie se rio.

—¿Cómo lo has sabido?

—Como lo de ser agente de la DEA.

Ella se encogió de hombros.

—Como ya te he dicho, es cosa de familia.

—¿Y qué me cuentas de la droga que entra y sale de Isla Catalina? —preguntó cambiando de tema… de momento.

—Tenemos que encontrar pruebas para saber quién está metido, confirmar que los narcotraficantes utilizan el complejo y determinar si Seaport Manor está involucrado —contestó girándose y apoyándose en la encimera—. Por lo que sé hasta el momento, dudo mucho de que el complejo sepa nada.

—He hablado esta tarde con mi teniente —dijo Blake a pesar de la curiosidad que le producía el pasado de Ronnie—. Sabías que

Seaport Manor es una empresa conjunta, ¿verdad?

—Sí —contestó impresionada—, pero no hemos podido demostrar que ninguno de los accionistas esté involucrado. Están limpios.

—Puede que sea legal, pero tal vez uno o dos de los supuestos accionistas estén tan escondidos que no los hayáis detectado.

—No creo. Los ordenadores habrían detectado algo.

Blake sonrió y se encogió de hombros. Obviamente, no confiaba en aquella explicación. Ronnie se apartó de la encimera.

—¿Por qué dudas de todo?

—No dudo.

—¿Entonces de qué se trata? —preguntó ella abriendo la nevera y sirviéndose otro vaso de té.

—Experiencia. ¿Sabes cuántas de esas empresas tienen sede en Los Ángeles? Todas.

—Eso no es raro. Los complejos suelen ser de multinacionales que tienen sede en todos los rincones del mundo.

—Bingo.

—Me he perdido —dijo Ronnie volviendo a meter la jarra en la nevera.

—La empresa conjunta es falsa —dijo él mirándola—. Uno, dos o tres accionistas tienen algo que ver con Seaport y se esconden tras varias empresas fantasmas.

—Es imposible. Hemos mirado todas esas empresas en los ordenadores. De verdad, si hubiera habido alguna relación, el sistema la habría encontrado. La única conexión es la propiedad conjunta de Seaport Manor. Punto.

—Vas a tener que fiarte de mí —dijo Blake justo cuando llamaron a la puerta—. Lo presiento. Buscamos a una sola persona.

Fue a la puerta y volvió con la comida que habían encargado.

—No —dijo Ronnie agarrando los emparedados.

Blake sacó manteles individuales.

—Avalon está lleno de complejos exclusivos. En los últimos años, se ha convertido en el paraíso para los propietarios de empresas conjuntas. Todas tiene el respaldo de gente de mucho dinero excepto Seaport Manor. Lo que me da mala espina es que ese complejo sea única y exclusivamente local.

—Bien, acepto que no es normal, pero te estás olvidando de la llamada empresa libre. Están limpios.

—Demasiado —contestó él llevando la bandeja con los emparedados al estudio.

—No estoy de acuerdo.

—Entonces, ¿por qué queréis investigarlos?

—Porque Seaport es el único complejo

que tiene muelle propio y servicio de taxis acuáticos —contestó Ronnie sirviéndose ensalada—. El problema es que no hemos conseguido acercarnos lo suficiente al embarcadero.

—¿Y qué te hace pensar que vamos a tener suerte esta vez?

Ronnie sonrió abiertamente.

—Resulta que vamos a ocupar el bungaló número uno, que está a treinta metros del embarcadero. Vamos a colocar una cámara de vídeo para ver qué llega y qué sale de la playa.

—No creo que sea una buena idea. ¿Qué me dices del servicio de habitaciones?

—Uno de nuestros agentes trabaja en ese departamento.

—No está mal, pero ¿y los días que libre?

—Esconderemos el equipo.

—Bueno, la cámara nos ayudará a detectar cualquier movimiento extraño, pero no nos va a decir quién está involucrado.

—Claro que sí, porque los tendremos grabados.

Blake se echó hacia atrás y la observó. Era demasiado guapa para llevar placa y pistola. Además, no veía más allá de sus narices.

—Me sorprendes, Carmichael.

Ella dejó el tenedor y suspiró.

—Eso no me suena a cumplido.

Blake sonrió.

—Para ser agente de la DEA, eres muy estrecha de miras.

—¿Qué me quieres decir con eso? Mi misión es determinar quién está moviendo la droga en la isla y cómo lo hace. Si detenemos a una de las personas involucradas, la misión será un éxito.

—Estrecha de miras, insisto.

—No me gusta que digas eso.

—Me lo imagino, pero ¿no te parece que una felicitación por haber detenido a los culpables quedaría muy bien en tu expediente? En el mío, sí, desde luego.

—No es tu caso.

—En eso te equivocas, preciosa. Jugamos con mis normas, ¿recuerdas? Y, según mis normas, no se pierde el tiempo ni el dinero de los contribuyentes deteniendo a camellos de poca monta sino desarticulando la red al completo.

Ronnie se puso en pie enfadada.

—En primer lugar, no sabes si hay un pez gordo detrás y, en segundo lugar y más importante, esta operación es…

—De la DEA y tú estás al mando —concluyó él dándole un mordisco al emparedado. Bien, que se creyera que ella mandaba. Blake tenía una corazonada y sus corazonadas siempre eran acertadas—. Me alegro de que no estemos casados de verdad.

—¿Por qué?

Qué guapa estaba. Blake sintió deseos de besarla, pero prefirió enfadarla un poco más.

—Porque, a veces, preciosa, a los hombres nos gusta estar arriba.

Capítulo cuatro

—**D**isfruten de su estancia en Seaport Manor, señor y señora St. Claire —les dijo el empleado de recepción solemnemente mientras le daba la llave al botones—. George los acompañará a su bungaló.

Blake asintió y miró a Ronnie, que no había abierto la boca desde que habían bajo del taxi acuático. Le puso la mano en la cintura y sintió que se tensaba. Habría jurado que, después de lo de la tarde anterior, aquello habría cambiado.

Se había equivocado.

Tendría que volver a hablar con ella y dejarle claro cuál era su misión... como su adorable mujercita.

Siguieron al botones. Avalon era un lugar precioso y tropical en el que lo último que parecía existir era narcotráfico. ¿Quién iba a creer que hubiera droga en el paraíso? Nadie. El lugar perfecto para ello, entonces.

El camino por el que avanzaban se dividía en cuatro y cada uno llevaba a un bungaló y a su respectivo jardincito.

—Esto es precioso —comentó Ronnie admirando el paisaje.

Algo en su voz hizo que a Blake se le disparara el corazón. La miró y la vio suspirar.

El botones abrió la puerta y metió las maletas. Blake solo tenía ojos para ella. La vio sonreír y rezó para que Dios lo protegiera. Se moría por besarla y tocarla de nuevo.

Se colocó frente a ella.

—Como tú —le dijo dándole un beso delicado en los labios. Lo satisfizo sobremanera sentirla temblar.

Sí, después de todo, aquella misión iba a ser de lo más interesante.

Al despegarse, vio que ella seguía sonriendo y, por un momento, creyó que le había gustado el beso tanto como a él, pero, al ver aquel brillo en sus ojos, recordó por qué estaban allí.

—¿Era necesario? —le dijo en voz baja.

Blake le pasó el pulgar por el labio inferior.

—Nunca se sabe quién nos está viendo.

—Voy a deshacer el equipaje —anunció Ronnie pasando a su lado.

«Espera un momento», pensó él. Había temblado; aunque no hubiera sido el mejor beso de su vida, ella había respondido.

—Espera un momento, cariño —le dijo cuando ella estaba a punto de entrar en la habitación—. ¿No estás olvidando algo?

Ronnie lo miró y lo vio dejar una bolsa en el suelo. Dio un paso atrás.

—Blake, no —susurró adivinando a lo que se refería.

—Vamos, cariño, no seas vergonzosa —sonrió él—. Es la tradición.

Antes de que «su mujer» pudiera protestar, la tomó en brazos. Al sentir sus curvas, sintió también actividad al sur. Ella se agarró a su cuello y sus pechos quedaron apoyados en el torso de él. Sintió los pezones a través de la blusa de seda amarilla y, de repente, los pantalones se le antojaron más pequeños.

—Bájame —dijo nerviosa.

Blake no le hizo caso.

—¿Qué clase de marido sería si no cruzara el umbral con mi mujer en brazos?

—Se me ocurren unas cuantas respuestas —contestó con sequedad.

Blake sonrió.

—No seas tan independiente, cariño. A veces, no pasa nada por dejar que los hombres hagamos lo que mejor se nos da hacer, es decir, mimar a nuestra esposa.

—No es necesario —murmuró.

—Sí, claro que lo es —dijo él entrando en la habitación—. Y esto, también.

Inclinó la cabeza para besarla y la oyó susurrar su nombre. Supuso que sería en señal de protesta, pero prefirió actuar como si no hubiera sido así. Sus labios se encontraron. Percibió su tensión, pero, asombrosamente, Ronnie abrió la boca y él aprovechó para introducir la lengua y saciar una sed de la que no se había percatado. Una cosa era querer besarla y otra, necesitarlo. Aquella mujer era tan peligrosa como la misión que tenían entre manos.

Ella le acarició la nuca y siguió besándolo como si no quisiera que el beso se acabara nunca. Se apretó contra él y Blake la oyó gemir. Estaban en apuros. Aquel no iba a ser el último beso e iba a haber también caricias. Si Ronnie continuaba respondiendo así ante él, su legendario control se iba a ir al garete.

El botones carraspeó discretamente. A regañadientes, Blake dejó de besarla. Con la respiración entrecortada, la dejó en el suelo suavemente.

El brillo de deseo que vio en sus ojos lo hizo sentirse incómodamente excitado. Sabía que Ronnie se había dado cuenta del abultamiento que había sufrido su pantalón.

—¿Desean algo más? —preguntó el botones.

Blake carraspeó y se quitó los brazos de Ronnie de alrededor del cuello. Ella miró hacia otro lado visiblemente avergonzada.

—Gracias, George —contestó buscando en el bolsillo.

47

El botones asintió y le dio las gracias por la propina.

—Si quieren algo, no tienen más que llamar a recepción y preguntar por mí —concluyó antes de irse.

Ronnie protestó, se metió en el baño y dio un portazo.

Blake se sentó en el borde de la cama y suspiró. Lo único que quería era recuperar el control, pero temía que no fuera posible en una temporada.

Tomó aire varias veces. Podría con ello. Había tenido misiones más difíciles. Podría aguantar dos semanas con una mujer de lo más sensual sin tocarla. Bueno, sin tocarla y besarla excepto en público. Si conseguía que solo fuera en público, habría sobrevivido a aquella misión del demonio.

Tal vez.

Ronnie apretó el borde del lavabo de mármol hasta que se hizo daño en las manos. Comenzó a respirar con normalidad y el corazón le dejó de latir tan rápido. Físicamente, sentía que había recuperado un poco el control, pero emocionalmente no podía decir lo mismo.

Se había vuelto a comportar como una mujer fácil y estaba excitada y ardiendo de deseo.

Otra vez.

¿Qué le pasaba? Besar a Blake Hammond no era bueno para su salud mental. Lo sabía y aun así, lo había abrazado, se había apretado contra él y había tomado parte activa en el beso. Había bastado sentir sus labios para entregarse a todo lo que él hubiera estado dispuesto a tomar.

Otra vez.

Se miró en el espejo y no reconoció a la mujer que vio allí. Aquella no era la Ronnie Carmichael que debía ser. Aquella mujer tenía los labios mojados y los ojos brillantes, como si le hubiera gustado lo que acababa de ocurrir con aquel hombre tan sexy.

La Ronnie que tenía que ser no debía disfrutar con los besos. Pero hacía tres años que no veía a aquella Ronnie.

Recordó los errores cometidos con miedo, pero más miedo le dio admitir que, en los brazos de Blake, había querido ser aquella mujer de nuevo.

Cerró los ojos, tomó aire varias veces. Tenía que mirarlo a la cara como si sus besos no la hubieran influido lo más mínimo. Se jugaba su estado emocional y su integridad profesional.

Se sentó en el borde de la bañera y se mordió la uña del pulgar. Al garete la integridad profesional. Lo que le pasaba era que era una gran gallina, a la que le daba miedo enfrentarse con sus sentimientos y su incontrolable libido. ¿Desde cuándo era una cobarde? Nunca le había dado miedo vérselas con delincuentes. Un detective de labios ardientes no debería haberla puesto así.

Estuvo a punto de gritar. Había perdido el control en el mismo instante en el que había entrado en el despacho de Forbes y se había encontrado con aquellos ojos grises. Tenía dos opciones: salir y hacer como que no había pasado nada o quedarse a dormir en el baño.

Menudas opciones.

No estaba dispuesta a esconderse de él. Era su misión, su investigación, no debía olvidarlo. Su prioridad tenía que ser controlar su deseo. Ya se había dejado llevar una vez por los sentimientos y todavía estaba pagando las consecuencias. Se levantó con decisión.

—Concéntrate en el trabajo —se dijo—. Compórtate como la agente al mando. Aquí, mandas tú.

Asintió y se dispuso a salir. En ese momento, Blake llamó a la puerta.

—Ronnie, ¿estás bien?

Asustada, estuvo a punto de gritar. Se puso las manos sobre la boca y miró a su alrededor. Tenía que disimular. No podía permitir que supiera que se había escondido.

Tiró de la cadena y abrió el grifo como si se estuviera lavando las manos.

—Ya voy.

Aliviada, lo oyó alejarse.

Abrió la puerta poniendo cara de aquí no ha pasado nada y fue a hablar con él para dejarle claro quién mandaba allí.

Al entrar en la habitación y verlo tumbado en la cama, pensó que parecía dispuesto a acatar sus órdenes lascivas para pasar el rato. De repente, se le ocurrieron unas cuantas y ninguna tenía nada que ver con la verdadera razón por la que estaban allí.

Estaba tumbado de lado, con la cabeza apoyada en el codo y leyendo algo. Maldición. ¿Por qué tenía que ser tan guapo y tan… hombre? ¿Qué había hecho ella para merecer aquello?

—¿Has visto esto? —le preguntó Blake dándole el folleto—. Aquí se pueden hacer un montón de cosas.

Ronnie abrió la maleta y comenzó a sacar la ropa.

—No está usted aquí para divertirse, detective, sino para que la DEA resuelva un caso —dijo con tono autoritario.

—Blake —suspiró él.

—Me da igual.

—No, no da igual. Blake.

Ella lo ignoró mientras sacaba los artículos de baño.

—B–L–A–K–E —le dijo poniéndose de pie y acercándose a ella.

Ella se giró y colocó la crema hidratante en el armario. Junto a su colonia.

—Sé cómo se deletrea —contestó preguntándose por qué colocar su crema junto a la colonia de Blake la hacía sentir mariposas en el estómago. Ridículo.

—Creía.

Lo miró por el espejo y deseó que la abrazara.

—No se me va a olvidar tu nombre —dijo con voz ronca y seductora. ¿Qué había sido del tono autoritario? La mujer del espejo debía de querer volver a las andadas.

La miró y enarcó una ceja.

—Blake —dijo para dejarlo tranquilo. Se le ocurrían otras palabras, como «sexy», «guapo a rabiar» y «¿te importaría besarme otra vez?».

—Creía que había quedado claro ayer —dijo él tomándole la mano.

—Sí —contestó ella intentando soltarse.

Blake no la soltó. La miró en el espejo.

Ronnie sintió que se le disparaba el corazón al pensar en lo que iba a suceder.

Blake sonrió lentamente.

—Tal vez, esto te ayude a hacer memoria

—le dijo poniéndole un anillo de diamantes en el dedo.

—Dime que no es de verdad —dijo ella fascinada.

—Claro que lo es —contestó metiéndose las manos en los bolsillos.

—¿De dónde lo has sacado? —preguntó mirándolo atentamente. Era un lazo cuajado de diamantes—. La DEA no autorizaría nunca un gasto semejante —añadió mirándolo. Él sonreía y Ronnie no podía parar de pensar en besarlo—. Debe de costar más de diez mil dólares.

Blake se encogió de hombros y se sentó en una silla junto al ventanal desde el que se veía el Pacífico.

—Me debían unos favores y me lo han prestado.

Ronnie volvió a mirarlo. Era lo más bonito que había visto nunca y pensó que haría mejor en no encariñarse con él porque lo iba a tener por tiempo muy corto y solo como parte del disfraz. Aquella mirada prometedora que había visto en los ojos de él mientras le colocaba el anillo en el dedo debía de haber sido una alucinación. La única promesa era resolver el caso. Punto. Estaba dejando que su imaginación le jugara malas pasadas.

Otra vez.

Sacudió la cabeza y volvió a deshacer la

maleta. Sabía que Blake la estaba mirando.

«Ignóralo», se dijo.

No era tan fácil.

Terminó de colocar las cosas y sacó la cámara de vídeo. A pesar de la excitación, se obligó a encenderla y a colocarla en el trípode.

—No es buena idea que la pongas ahora.

—¿Ah, no?

—No, Ronnie, en serio. Yo no lo haría si fuera tú.

—Pero no eres yo —contestó enfocando el lugar que le interesaba.

Al oír que llamaban a la puerta, miró a Blake.

—Te dije que no era una buena idea —sonrió levantándose para abrir—. Pasa, George.

—El champán y la nata que pidió, señor —dijo el botones empujando un carrito.

Ronnie admiró la discreción del botones, que se limitó a sonreír al ver la cámara de vídeo junto a la cama.

—¿Desean algo más los señores?

Blake sonrió y le dio otra propina.

—Creo que tenemos todo lo que necesitamos, ¿no, cariño? —le preguntó con una gran sonrisa.

Capítulo cinco

—Ya puedes dejar de sonreír.

Blake no podía hacerlo.

—¿Te han dicho alguna vez lo adorable que estás cuando te sonrojas?

Ronnie puso los ojos en blanco y miró hacia otro lugar intentando ignorarlo, como había estado haciendo desde que George se había ido. Hubiera sido más fácil si todo aquello no le pareciera de lo más cómico y no la hubiera pillado disimulando una sonrisa. No sabía por qué había pedido champán y nata al servicio de habitaciones. Que había sido una broma para que su «mujer» se tranquilizara no era muy creíble. Seguramente, su subconsciente tendría una explicación mucho más fiable. ¿Para adentrarse en una exploración sexual, quizá?

Apartó aquello de su cabeza y siguió a Ronnie hacia la entrada principal del hotel. Le encandiló el movimiento de sus caderas de camino hacia el bar del hotel.

El cielo de junio aparecía sin una sola nube y el sol brillaba a sus anchas sobre Isla Catalina. Soplaba una suave brisa que mecía las palmeras y las enormes sombrillas.

Blake esperó a que Ronnie se sentara antes de imitarla. La brisa jugueteó con su pelo, voluminoso y suave. Se moría por tocarlo y se dio cuenta de que, dejando a su imaginación volar libre, le parecía saborear la suavidad de su boca de nuevo.

Así llevaba desde que la había ido a buscar aquella mañana a su casa de Los Ángeles. Aquello lo había acompañado durante la intranquila y solitaria noche. La extraña necesidad de tocarla lo quemaba cada vez que la miraba. Obviamente, llevaba demasiado tiempo sin estar con una mujer. No había otra explicación para aquella subida repentina y descontrolada de testosterona.

Se arrellanó en la butaca y la miró oculto tras los cristales oscuros de las gafas. Ronnie se había cambiado de ropa y la que llevaba dejaba demasiada piel al descubierto como para no alterarlo. Deslizó la mirada por su cuello hasta sus hombros moldeados y reparó en el escote, pero lo que lo dejó sin respiración fueron sus pechos, que se pegaron contra la tela de la camiseta cuando Ronnie se echó hacia delante para poner bien el cojín que tenía en el respaldo.

Debía dejar de comportarse como un adolescente hambriento y comenzar a hacerlo como un agente de policía en misión secreta. Tenían que trabajar. No podía permitirse el lujo de perder la cabeza con fantasías eróticas.

Miró a su alrededor. Todos los presentes eran parejas, unas de más edad que otras, unas con más recursos que otras, pero ninguna parecía estar allí pasando drogas.

Una camarera con una pareo floreado fue a tomarles nota. Él pidió un Mai Tai y miró a Ronnie, que pidió algo tan peligroso como un té con hielo.

—Estamos de servicio —le recordó en tono severo cuando la camarera se hubo retirado.

Aquella mujer no era fácil de entender. Aunque emitiera mensajes altos y claros que decían «no me toques» hasta un ciego habría visto que entre ellos había atracción. Obviamente, ella también lo tenía que percibir y Blake sospechaba que aquella actitud inflexible obedecía más al deseo que había visto en sus ojos que a la compostura.

—Vamos de incógnito —dijo en voz baja. Estaban sentados casi al borde del océano, lejos de los demás—. Por una copa no pasa nada.

Ronnie se encogió de hombros, pero no lo miró.

—Prefiero tener los sentidos alerta.

Blake suspiró. Bueno, sí, quizá tuviera razón, pero acababan de llegar. No habían establecido un plan, ni siquiera habían reservado mesa para cenar. Se suponía que debía estar de vacaciones en aquellos momentos. Por lo menos, se merecía un Mai Tai.

—El agente McCall llegará en breve —le informó Ronnie—. Se supone que debemos encontrarnos a las trece cero cero

¿Por qué estaba tan tensa? ¿Por lo del botones con el champán y la nata? Mira que era arrogante. Ojalá pudiera zarandearla un poco. O mucho. Zarandearla desde la mañana a la noche, pero con besos y caricias.

Aquellas dos semanas iban a ser muy largas. Se movió incómodo en la butaca. Largas, no, interminables.

—Es decir, a la una —añadió con una sonrisa.

Blake no dijo nada. La camarera les llevó las bebidas y consiguió darle las gracias. ¿Qué había sido del férreo control sobre sí mismo?

—Deberíamos ir a dar una vuelta —propuso.

—No hemos venido a ver los alrededores sino a trabajar.

—Exacto —dijo sintiéndose inquieto y excitado. Tomó el vaso y dio un trago a la bebida a base de ron. Sí, inquieto, excitado y con una única cosa en mente.

—No sé qué vas a averiguar... —se interrumpió e hizo un ademán con la mano—.

Bueno, está bien, ve a hacer el turista, a ver si cazas algo.

Blake dejó el vaso sobre la mesa.

—Me suele parecer interesante lo que uno puede averiguar de un lugar cuando menos se lo espera.

—Lo he entendido a la primera, det... Blake. No hace falta que me lo expliques.

—Era solo para asegurarme de que estamos en la misma onda, preciosa. Por cierto, creía que las mujeres del sur echaban toneladas de azúcar en las bebidas.

—Me parece que eso no es asunto tuyo —contestó ella dando un trago al té.

Aquello lo molestó. Blake rompió la sombrillita que tenía entre los dedos y la dejó en la mesa. Se inclinó hacia delante, se quitó las gafas y la miró fijamente.

—Mientras seamos marido y mujer, todo lo referente a ti es asunto mío. No sé cómo será en la DEA, pero nosotros lo sabemos todo de nuestro compañero por una sencilla razón: lo que sabes de él te puede salvar la vida y lo que no te puede matar.

Ronnie frunció el ceño.

—No he...

—Mira, yo tampoco quiero estar aquí —le espetó—, pero será mejor que te metas en el juego. Y, para que lo sepas, yo juego para ganar. Si ello incluye meter las narices donde a ti no te apetece, te fastidias.

Ronnie suspiró y se quitó un mechón de pelo de la cara.

—Tienes razón. Lo siento.

—No es suficiente.

—No sé qué quieres de mí. ¿Quieres que te diga que soy un poco aprensiva?

—Quiero la verdad, Ronnie. Quiero que lo compartas todo conmigo, aunque solo sea una corazonada. Yo haré lo mismo. Tenemos que trabajar juntos aunque yo no te guste. Así, saldremos vivos de esta.

Ronnie arrugó el ceño.

—Nunca he dicho que no me gustaras.

—Cualquiera lo diría. ¿Tal vez es la parte virginal e inocente de tu disfraz?

Ronnie abrió sus ojos color turquesa de sorpresa, así como su boca, que se cerró de nuevo.

—Tranquilízate un poco —le aconsejó Blake volviéndose a echar hacia atrás—. Estamos en el siglo veintiuno, no en el diecinueve.

Ronnie acercó la butaca a la mesa y puso los brazos cruzados encima.

—No soy una virgen tímida.

—Pues deja de comportarte como tal o la gente va a empezar a sospechar.

—Vaya, ¿no eras tú al que he besado delante del botones?

—¿Y qué me quieres decir con eso?

—Yo no diría que apretarme contra ti sea el comportamiento de una virgen tímida precisamente.

—O sea que te gusta besarme —apuntó Blake. A él le encantaba que se aplastara contra él.

—Sí —contestó—. Quiero decir, no.

—¿En qué quedamos? ¿Sí o no?

Ella se echó hacia atrás y sonrió.

—No tiene importancia porque hemos venido a trabajar.

—A mí me parece que sí que importa.

Ella se rio.

—No. Tu engolado ego piensa que sí tiene importancia —dijo mirando el reloj y levantándose—. Ya seguiremos hablando luego. Ha llegado el momento de ver a McCall.

Tras decirle a la camarera que lo apuntara a su habitación, Blake siguió a Ronnie hacia el lugar de encuentro.

Dejaron los bungalós atrás y llegaron a un cilindro cubierto de flores que tenía cuatro puertas. Ronnie utilizó la llave maestra que les habían entregado para abrir una de ellas y se encontraron en un lago artificial.

Había una cascada y el agua caía en la laguna, rodeada de flores y plantas.

—Guau —exclamó Ronnie impresionada—. Esto es muy… muy…

—Romántico —concluyó él. Blake sintió que se le aceleraba el corazón.

—Sí, esa es la palabra que estaba buscando —contestó ella abriendo una nevera—. ¿Has visto esto? Aquí hay de todo.

Blake miró por encima de su hombro y vio toallas, una manta, colonias, el mando de una cadena de música y un minibar.

Ronnie carraspeó y cerró la puerta del minibar.

—Me pregunto cuánto costará esto —dijo Blake tomando una caja de preservativos de una estantería.

Ronnie se puso roja.

—¡Déjalos en su sitio!

—Venga, Ronnie —rio él—. Somos adultos.

Le arrebató la caja y la dejó en su sitio.

—No los vamos a necesitar.

Oyeron la puerta y ambos se giraron.

—McCall —saludó muy seria.

El agente cerró la puerta tras haber puesto el cartel de ocupado.

—Así, no entrará nadie.

Blake pensó en ello, pero se obligó a dejar de hacerlo. Estaba de servicio, no había ido allí para hacer realidad fantasías eróticas en una isla desierta.

Estudió a McCall. Le recordaba a un socorrista de esos que se pasan la vida morenos y asediados por bellezones en la playa. No sabía muy bien qué esperaba encontrar, pero, desde luego no un chico guapo y joven.

Cuando el agente se acercó, Blake comprobó que no era tan joven como le había parecido. No le gustó la manera en la que miró a Ronnie, en cómo se fijó en sus interminables piernas y en su camiseta.

—Estás estupenda, Carmichael —le dijo—. Qué pena que yo ya estuviera metido en el bar. Si no, nos lo podríamos haber pasado estupendamente jugando a marido y mujer.

—Scott, este es Blake Hammond —dijo ella ignorando su comentario—. Mi compañero en esta misión.

Blake le estrechó la mano un poco más fuerte de lo normal. No le gustaba que la mirara como si se la fuera a comer. Tampoco le gustaba aquella sensación rara que le producía la actitud de McCall.

¿Celos?

No.

Quizá.

—Supongo que le habrán puesto al tanto —dijo el agente ofreciéndole un pitillo.

—Sí —contestó Blake aceptando el cigarrillo a pesar de que no solía fumar.

—No sabía que fumaras —apuntó Ronnie cuando lo vio encender el cigarrillo.

—No fumo.

—¿Entonces?

—Tranquila, Carmichael —dijo McCall— Empiezas a hablar como una esposa.

—Me pregunto qué le parecería a tu mujer ese comentario —contestó ella mirándolo con condescendencia.

—¿Qué tenemos? —preguntó Blake intentando hablar del caso y alejarse de la tensión que había entre ambos agentes. Allí pasaba algo, algo que no le habían contado y aquello lo molestó. No sería porque no le hubiera advertido a Ronnie que lo que uno no sabía podía acabar con su vida…

—Parece ser que esta noche va a venir un tipo que tiene un yate y lo va a fondear en el embarcadero privado.

Blake se encogió de hombros. Había recuperado parte del antiguo control que lo caracterizaba.

—¿Y? Seaport es un lugar exclusivo que atrae a ese tipo de clientes, supongo.

—Sí, pero ese tipo ha venido varias veces ya. Vino, estuvo un par de días y volvió a los diez días. Bueno, me dije, es normal, pero hace lo mismo cada diez días.

—¿No podría ser una coincidencia? —preguntó Ronnie.

Blake negó con la cabeza mientras apagaba el cigarrillo.

—Sería demasiada casualidad —contestó

Blake—. No decía nada de él en los informes.

—Ha sido una adquisición reciente —bromeó el otro.

Blake asintió, pero no lo creyó.

—¿Qué sabes de él?

—He pedido información al departamento. A parte de unos arrestos por posesión de drogas hace unos diez años, está limpio.

—¿Quién es? —preguntó Ronnie.

—Alister Clark —contestó McCall—. Lo he atendido un par de veces en el bar. Por lo visto, es muy conocido en Los Ángeles. ¿Te dice algo su nombre, Hammond?

Sí, claro que conocía a Clark. Aunque pareciera que estaba limpio, todos sabían que no era así. Lo malo era que la policía de antivicio llevaba años intentando buscar pruebas que lo demostraran y no las había conseguido. Si había alguien que supiera esconderse tras empresas fantasmas, ese era Alister Clark.

—No sé, me suena —mintió—. ¿Llega mañana?

—Sí. Si me entero de algo, os lo diré.

—Hablaré con mi compañero para ver si encuentra algo sobre él —propuso Blake. Luke no le iba a decir nada nuevo sobre Clark que él no supiera, pero le daría tiempo para pensar cuál debía ser su siguiente paso.

Ronnie se metió las manos en los bolsillos y miró a Blake. ¿Había sido él quien había dicho que tenían que contárselo todo? Estaba claro que sabía cosas de Clark. Cuando Scott había dicho su nombre, le había cambiado la cara. Estaba decidida a preguntárselo en cuanto se quedaran a solas.

McCall miró el reloj.

—Me tengo que ir. Que os lo paséis bien, tortolitos.

—Nos veremos mañana por la noche a no ser que ocurra algo antes —dijo Blake.

McCall asintió.

—Carmichael sabe cómo localizarme —sonrió—. A no ser que se le vuelva a olvidar quiénes son los buenos.

—Ya basta, McCall. Aquello quedó claro y lo sabes.

—Sí, sí, claro, preciosa —le dijo en tono condescendiente—. Todo el mundo comete errores.

Se fue hacia la puerta mientras ella lo observaba. Desde el primer día, sus compañeros de la DEA la habían mirado mal porque venía de una familia de agentes y porque era mujer. Daba igual que no hubiera recibido ningún trato de favor por ser una Carmichael. Sus colegas creían que una mujer no debía ser agente de la DEA. Desde el día que juró su cargo, sus actitudes no le habían ocasionado más que dolor. Eso unido al error que había cometido por dejarse llevar por el corazón o, más bien, por las hormonas, y el resultado había sido tres años de sufrimientos.

«Dos semanas más», se dijo. Dos semanas y todo quedaría atrás. Nunca había querido trabajar en aquello. De hecho, sus objetivos profesionales se centraba en todo lo contrario. La única vez que se le había ocurrido comentarlos, no había encontrado más que oposición, así que había decidido no oponerse. Pero ya estaba bien. Estaba decidida a hacer lo que quería. En cuanto Blake y ella atraparan a quien estuviera detrás de todo aquello.

Sintió las cálidas manos de Blake en los hombros cuando la giró.

—¿Me vas a contar qué diablos pasa?

—Una vieja discusión que no te interesa —contestó intentando zafarse de sus manos.

—No me lo trago, Carmichael —dijo Blake sin soltarla—. ¿Qué pasa?

—Agua pasada.

—No me importa. O me cuentas de qué se trata o la luna de miel se termina ahora mismo.

Capítulo seis

—Me parece a mí que la pregunta del millón es: ¿qué sabes tú de Alister Clark?

Blake la soltó.

—¿Qué te hace pensar que sé algo de él?

—Venga, Blake, por favor —contestó Ronnie cruzándose de brazos—. Cuando Scott ha mencionado su nombre, casi te da algo.

Blake se encogió de hombros para ganar tiempo. ¿Le había preguntado aquello para no contestar a su pregunta? Prefirió pensar que no.

—Quizá fuera que no me estaba gustando cómo te estaba mirando Scott.

Ronnie enarcó una ceja y sonrió.

—No te podrías ganar la vida como delincuente, Blake. Mientes fatal. Sabes algo. Dímelo.

Blake suspiró y decidió contarle la verdad. De lo contrario, se estaría comportando como un hipócrita.

—Nunca he tenido contacto directo con él, así que no hay riesgo de que me reconozca, si es lo que te preocupa.

—En parte —admitió ella—, pero sabes cosas de él.

Blake asintió.

—Mucho antes de que yo entrara en antivicio, Clark hacía negocios con un personaje de lo más oscuro, Devlin Shore, que lleva un par de años encarcelado en San Quintín. Esos delitos menores por posesión que ha mencionado Scott fueron cortesía de mi anterior compañero. No se ha oído hablar mucho de Clark en los últimos años porque el departamento de antivicio no ha podido probar que estuviera involucrado en nada. Se le da muy bien esconderse.

—¿Y por qué no se lo has dicho a Scott? ¿Tampoco me lo ibas a decir a mí?

—Si tengo razón, lo último que nos interesa es que McCall alerte al tipo. A ti sí pensaba contártelo, pero quería que Luke hiciera unas comprobaciones antes —contestó. No era exactamente la verdad, pero lo salvaba de la acusación de hipocresía.

Vio que a Ronnie le cambiaba la expresión. ¿Era alivio? Aquello lo puso nervioso y suspicaz, y no le gustaban ninguna de las dos cosas porque lo distraían.

—Puede que Scott sea un cretino, pero es un buen agente.

—No he dicho que no lo sea, pero tengo la impresión de que es demasiado apasionado —contestó. Al verla asentir, continuó—. Si Clark está involucrado, como creemos, lo último que queremos es que sospeche y huya.

Ronnie se sintió culpable por haber llevado la conversación por otros derroteros y haberla alejado de las preguntas de Blake sobre su pasado, pero siempre había sido una persona muy introvertida. Nunca había confiado a nadie sus temores más íntimos y, desde luego, no le iba a contar a él el peor error profesional y personal que había cometido en su vida. No quería que supiera que había sido débil y que se había dejado embaucar por la belleza de su compañero.

Sentía que aquel pasado la iba a marcar para el resto de sus días, así que, cuanto antes abandonara la DEA, antes podría recuperar su vida y cumplir sus sueños y no los de los demás.

—Bueno, ya tienes tu respuesta —dijo Blake—. Ahora, quiero la mía.

—No hay nada que decir —contestó rápidamente. Demasiado rápidamente, a juzgar por la expresión de Blake. Pasó a su lado y fue hacia la puerta—. Deberíamos irnos. Puede que alguien quiera utilizar... este sitio.

Blake se cruzó de brazos y la miró. Madre mía, qué guapo era.

—Tenemos tanto derecho como las demás parejas a utilizar estas instalaciones. Hasta que no me digas a qué diablos se refería McCall, de aquí no nos movemos.

¿Por qué, además de guapo, era inteligente? Menuda suerte la suya. Le había tocado un compañero que hilaba de lo más fino.

—Tu silencio me está poniendo nervioso —añadió mirándola fijamente—. Habla, Ronnie.

No le apetecía hablar, sobre todo porque prefería entregarse a los pensamientos sensuales que ocupaban su mente. La luz tamizada que se filtraba por el techo de cristal hacía que el pelo de Blake brillase y confería a sus ojos una expresión especial. Ronnie le miró la boca.

Hacía mucho tiempo que no sentía deseo puro y duro, pero la sensación no le era desconocida en absoluto. Nada más ver a Blake, había empezado a sentir cosas que creía acabadas hacía tres años. Tal vez, debería relajarse. Los hombres solían actuar así mientras que las mujeres se limitaban a ponerse tensas. ¿Era un delito querer aliviar la tensión a la antigua usanza? ¿Qué había de malo en que una mujer quisiera acostarse con un hombre por puro sexo?

Para ella, mucho. A pesar de que intentara convencerse de que podía tener una aventura sexual con su compañero sin que pasara nada, su experiencia decía todo lo contrario.

Sabía que, si se lo propusiera, él aceptaría, lo que hacía que la tentación fuera mucho mayor. No se podía negar que entre ellos había química. Seguro que un hombre como él sabría cómo utilizar esa química en su provecho sin poner en peligro su corazón. Seguro que tenía un buen currículum de mujeres de las que habría podido alejarse sin problema. Por desgracia, para ella el sexo siempre se volvía algo más profundo y se adentraba en terreno pantanoso para romperle el corazón o algo peor, como la última vez.

«Si quieres, todo es posible».

Ya, pero ella no quería.

—Es agua pasada y no tiene nada que ver con el caso.

—Tal vez, no, pero tengo curiosidad.

—¿Por qué?

—Porque me importa.

—Pues no debería ser así. Para empezar, apenas nos conocemos —protestó.

—Profesionalmente, Ronnie —contestó él con determinación—. Teniendo en cuenta que mi anterior compañero olvidó quiénes eran los buenos, me parece que lo entenderás.

Ronnie hizo un movimiento con los hombros en un vano intento de aminorar la tensión.

—Maldita sea, Ronnie, di algo. Tu lenguaje corporal está gritando que eres culpable.

—¿Y a ti qué te importa? —le espetó a la defensiva. Revolver en el pasado la hacía sentirse así. Enfrentarse a la verdad y la culpabilidad que le producían sus actos de entonces no ayudaba lo más mínimo.

Blake maldijo. Obviamente, estaba nervioso.

—Mira, si hay un problema prefiero saberlo ahora y no cuando sea demasiado tarde. Una mujer inocente estuvo a punto de perder la vida y un buen policía murió porque uno de los nuestros se pasó de bando. No me gustaría tener que pasar por ello de nuevo.

—Yo, tampoco —dijo Ronnie más calmada—. No es lo que estás pensando. Tuve una aventura con mi compañero y resultó ser... un error —añadió. No era la verdad y nada más que la verdad, pero era todo lo cerca que quería llegar.

Blake la observó y Ronnie cruzó los dedos para que se conformara con eso. Vio que se relajaba y estuvo a punto de exhalar un gran suspiro de alivio.

—La mayoría de las veces que se producen relaciones entre compañeros son un error —dijo Blake más amable—. Por eso existen todas esas normas de no confraternización.

—Sí, bueno, de los errores se aprende —dijo ella agarrando el pomo de la puerta—. No es algo que piense repetir.

Blake se dio la vuelta y dijo algo así como «qué pena» o eso le pareció entender a Ronnie, pero prefirió ignorarlo y abrió la puerta.

—Si Clark llega esta noche, tenemos mucho que hacer —dijo apoyada en la puerta—. Tú tienes que llamar por teléfono y tenemos que ver cómo podemos utilizar la información que nos ha dado Scott.

Blake dudó y Ronnie rezó para que aceptara su propuesta a pesar de que era obvio que estaba cambiando de tema de nuevo. Tras lo que a ella se le antojó como una eternidad, abandonaron la estancia. Al salir, Ronnie se sintió mucho más a gusto. A pesar de que sabía que no lo había convencido del todo, que él sospechaba que había más de lo que le acababa de contar.

—Te sugiero que no utilices los teléfonos del complejo —le dijo.

—No tenía intención —contestó Blake.

Ronnie se mordió el labio. No sabía cómo decírselo. Blake era una distracción constante que no se podía permitir si quería abandonar la DEA. Necesitaba resolver aquel caso y obtener los ingresos extras que le habían prometido, que, junto con sus ahorros y un dinero que tenía invertido, serían suficientes para empezar su negocio.

Cuando llegaron al bungaló, todavía no sabía cómo informarlo de las fronteras sexuales que había establecido para las siguientes dos semanas. Lo siguió a la habitación y cerró la puerta.

—Llévate lo que necesites —dijo Blake—. Yo voy a llamar a Luke desde un teléfono público.

—Blake —le dijo apoyada en la puerta que daba al patio.

—¿Sí? —murmuró él abriendo un cajón. Obviamente, estaba pensando en el caso. Ojalá ella pudiera hacerlo también.

—Hay algo más de lo que tenemos que hablar.

—Parece importante —contestó cerrando el cajón.

Ronnie suspiró.

—Lo es. Verás, creo que no es buena idea que... bueno... ya sabes.

Él la miró divertido.

—No, no sé, pero seguro que tú me lo vas a aclarar.

—No me lo hagas más difícil.

—¿Más difícil? Pero es que no te estás explicando muy bien, la verdad.

—¿Te lo tengo que deletrear?

Blake se encogió de hombros y sonrió.

—Eso parece.

—Bien —dijo cruzando la habitación y pasando junto a la cama que iba a tener que compartir con él a menos que durmiera en el suelo.

—Vamos, Ronnie, dime de qué se trata.

—No debemos tocarnos ni besarnos a menos que sea estrictamente necesario.

—¿No te gusta?

«Me gusta demasiado», pensó sacando un jersey del armario.

—No podemos distraernos —contestó poniéndoselo—. Tenemos que resolver un caso.

—¿Te distraigo?

Ronnie puso los ojos en blanco. No le gustaba nada que le tomara el pelo.

—Sí, Blake, me distraes. Debemos concentrarnos en el caso, sobre todo porque parece que tenemos una pista.

—Bien, ¿y qué me propones para no distraerte?

—Que las demostraciones de afecto en público sean eso... públicas. No hay razón para que nos besemos y nos toquemos, a no ser que sea necesario para el caso.

Blake asintió.

—Solo cuando sea necesario.

—Solo cuando sea estrictamente necesario —añadió Ronnie—. ¿Estamos de acuerdo?

Blake se rio.

—Sí, ¿nos vamos?

Por alguna razón, a Ronnie le pareció que no había entendido exactamente lo que le quería decir, pero no tenía ganas de seguir hablando del tema. Ya le había subido suficientemente el ego a aquel hombre. Si Blake ponía de su parte para poder concentrarse y resolver el caso, ella estaría feliz.

Frustrada, pero feliz.

Tras un día de turismo por Avalon, no habían averiguado absolutamente nada acerca de Alister Clark ni sobre nada raro que estuviera sucediendo en la isla. Así que solo tenían el embarcadero privado y el yate de Clark que llegaba cada diez días.

Blake se puso bien la corbata antes de ponerse la chaqueta gris.

—¿Estás lista?

Ronnie llevaba hora y media en el baño arreglándose. Si no se daba prisa, iban a llegar tarde a cenar, y tenían mesa reservada en uno de los comedores del hotel.

¿Qué misterio había entre las mujeres y los baños? ¿Qué misterio escondían las mujeres, más bien? Por ejemplo, sin ir más lejos, su compañera que, de alguna manera, había conseguido gustarle. Tal vez, era que le hubiera dicho que la distraía lo que lo mantenía inquieto. Desde que se lo había dicho, no había podido parar de darle vueltas.

Miró la puerta del baño y pensó en entrar a sacarla, pero no fue necesario porque salió ella sola. Blake se quedó sin habla.

No debería haberse quedado sin palabras, pero lo cierto era que se le había cortocircuitado el cerebro. Aquel minúsculo vestido de seda negra se adaptaba a sus curvas; curvas que él se moría por tocar.

Estaba maravillosa. Decidido a cumplir su promesa, la agente especial Ronnie Carmichael estaba fuera de su alcance. Maldición.

—No sabía que el vestido negro y corto fuera parte del uniforme de la DEA —consiguió decir.

Ronnie se deslizó en medias por la habitación. Era casi como un sueño. Un sueño de lo más erótico.

—Es porque así lo exige el caso —contestó.

—Me alegro —comentó Blake con la boca seca.

Muchos agentes se quejaban de tener una compañera, pero debía ser porque a ninguno de ellos le había tocado ninguna como aquella mujer que catapultaba sus niveles de testosterona.

—Gracias —contestó sacando una bolsita del armario. Se puso unos pendientes del perlas y dejó la bolsita en su sitio.

Al ver un trocito del sujetador negro de encaje que ella llevaba, Blake sintió una punzada en el estómago. No podía dejar de pensar en lo que había bajo aquel vestido.

«Se ve, pero no se toca», se repitió varias veces. No le sirvió de nada.

Se pasó las manos por la cara. Estaba completamente excitado. Una cena con velitas y unos cuantos bailes con Ronnie entre sus brazos no era lo que mejor le iba.

La observó ponerse unos zapatos negros de tacón alto y le pareció lo más sexy que había visto en años. Cuando se puso unas gotas de perfume en las muñecas y en el cuello, le pareció lo más seductor del mundo. ¿Por qué le parecían tan especiales aquellos gestos cotidianos? El único consuelo que le quedaba era saber que la atracción era mutua. ¿Por qué, si no, le había dicho que constituía una distracción para ella?

Ronnie se giró y lo miró. A Blake no le costó mucho imaginarse sus manos haciendo el mismo recorrido que sus ojos, tocando, explorando. Aquello terminó de excitarlo.

—Estás impresionante —le dijo sinceramente.

Ronnie sonrió con aquella boca que él se moría por volver a besar. Aquello iba de mal en peor.

—Creo que ya me lo has dicho, pero gracias.

Blake tomó aire y tuvo que admitir, a regañadientes, que Ronnie tenía razón: el sexo era una distracción, pero, con aquel vestido, era imposible no distraerse.

¿Qué habría de malo en probarlo solo una vez? Solo una. Sin caricias, solo un beso. Sacar la lengua un poco a pasear, para darle una pequeña alegría.

Vio que ella también lo estaba mirando con interés y decidió que debía tranquilizarse un poco antes de presentarse en público.

Se suponía que tenían que actuar como una pareja enamorada. La pareja enamorada de la que la mitad del personal debía de estar hablando por aquello de la cámara de vídeo, el champán y la nata.

—¿Nos vamos? —preguntó ella poniéndose un chal negro sobre los hombros.

—Un momento —contestó Blake. Su cerebro protestó y luchó por respetar sus deseos, pero su cuerpo ya había tomado otra decisión—. Falta una cosa.

Ronnie se miró y luego lo miró.

—¿Ah, sí?

Blake sonrió y le acarició un hombro hasta colocarle la mano en la nuca.

—¿Qué crees que estás haciendo? —preguntó ella con voz ronca y sensual.

—¿A ti qué te parece?

Capítulo siete

—**M**e parece que estás a punto de incumplir tu promesa —dijo Ronnie asombrada de poder hablar, porque le faltaba el aire. Se le había acelerado el corazón y no lo podía controlar. En cuanto a apartarse de la más que deseable boca de Blake, estaba fuera de toda discusión.

Sin embargo, no podía perder el norte. No había razón para besarse. No había botones ni nadie a la vista. Entonces, ¿por qué no lo apartaba y salía por la puerta?

Porque quería que la besara, ni más ni menos, que la deseara y le hiciera el amor. No quería ser una agente de servicio con el hombre más sexy del mundo.

Pero no podía ser. No podía cometer de nuevo el mismo error aunque los dos hombres fueron completamente diferentes. No la ayudaba en absoluto tener la certeza de que Blake no se parecía en nada a Trevor.

—No recuerdo haber hecho ninguna promesa —susurró Blake con picardía.

No debía cerrar los ojos y esperar a sentir el contacto de sus labios. Entonces, ¿por qué había ladeado la cabeza invitándolo a hacerlo?

Tomó aire y mantuvo los ojos abiertos.

—Deberíamos... —se interrumpió al ver que se le oscurecían los ojos. Estaba a punto de besarla.

Blake asintió bruscamente y fue hacia la puerta.

—Tienes razón. Te dije que estaba de acuerdo y que solo te besaría cuando fuera estrictamente necesario.

Ronnie pensó que besarlo en aquellos momentos era tan necesario como respirar. ¿Pensaría él lo mismo? ¿Acaso se estaba comportando como un caballero a pesar de desear todo lo contrario?

No podía ser. No debía ser. Se estaba cansando de tener que recordarse a sí misma continuamente que lo importante era el caso. Para convencerse, pasó a su lado y salió a la tibieza de la noche. Sabía que iba a ser imposible mantenerse distanciados en las próximas horas, pero debía ser fuerte.

Blake no había tenido noticias de Luke sobre Clark, pero era demasiada coincidencia que recalara tanto en Seaport Manor.

—Sí, no debemos distraernos —añadió.

Aquello hizo que Ronnie sintiera que se le salía el corazón del pecho. ¿O sería la mano que Blake había colocado en su cintura? Fuera como fuere, todo se resumía en cuatro letras: sexo.

—Tenemos que encontrar la manera de acercarnos a Clark —propuso Blake—, así que, hasta que no hayamos contactado con él, no debemos distraernos.

—Exacto —contestó Ronnie deseando que le quitara la mano de la espalda. Inspeccionó los alrededores mientras pasaban junto a las palmeras, de las que colgaban globos blancos e iluminaban el camino, y se oía música clásica. Desde luego, quien hubiera diseñado el complejo era un romántico empedernido.

—Lo que no quiere decir que no me gustaría que me distrajeras —comentó él—, pero quizá en otro momento más apropiado.

¿Y qué momento sería ese? Porque, por lo que a ella se refería, inmediatamente podía ser de lo más adecuado.

—Me alegro de que estemos de acuerdo —contestó preguntándose cómo podía ser tan hipócrita.

—La verdad es que no estoy de acuerdo, pero como es lo que tú quieres… Hasta que el caso no esté cerrado, nada, ¿de acuerdo?

—De acuerdo —contestó. ¿Significaban sus palabras que, si le dijera que había cambiado de opinión y que se quería acostar con él, Blake accedería encantado? Madre mía, qué tentación—. Bien —añadió como para reafirmarse—. Nada de sexo.

—¿Quién ha hablado de sexo? —preguntó Blake tomándola de la mano.

Ronnie se rio nerviosa. Él no se refería a sexo, pero ella sí. Qué vergüenza.

—Bueno, nadie, pero…

—Yo me refería a que, una vez cerrado el caso, podríamos salir —le aclaró Blake.

—¿Una cita? —preguntó Ronnie sorprendida. ¿Por qué se sorprendía tanto? ¿Quizá porque sus anteriores e infructuosas relaciones no habían comenzado de una forma tan clásica? Un par de tazas de café, una hamburguesa con patatas y un refresco en un coche mientras se hacía una vigilancia no era lo que se decía precisamente una cita. Así mirado, Trevor y ella nunca habían salido juntos. Trabajaban, se acostaban y vuelta a trabajar. La había seducido, claro, como parte de su plan para mantenerla callada. Siempre se veían en una de las dos casas, nunca por ahí.

Blake le estaba dedicando una de sus sonrisas arrebatadoras que la volvían loca.

—Claro. ¿Por qué no? —dijo entrelazando los dedos con los de Ronnie—. Aunque, la verdad es que me gusta más tu idea.

Ronnie intentó ignorar la deliciosa sensación que le provocaban sus caricias y sus palabras. Imposible.

—Me lo tomaré como un cumplido —contestó—. Lo siento, pero no funcionaría porque, una vez cerrado el caso, me vuelvo a Nueva York y, de allí, a Savannah.

—Vaya, eso suena a que me tienes que contar algo.

—Luego —contestó Ronnie. No le apetecía contarle a nadie lo que quería hacer en el futuro.

Llegaron al restaurante. Blake dio su apellido y en pocos minutos estaban sentados a una mesa desde la que se contemplaba el mar.

Según McCall, Clark tenía que aparecer aquella noche. Si no le hubiera dado tanto miedo quedarse a solas con Blake, estarían en su bungaló, desde el que veían perfectamente el embarcadero. Claro que, por otra parte, tal y como había sugerido Blake, tenían que establecer contacto con el sospechoso. La cámara estaba grabando, así que la idea era dejarse ver.

Dos horas después, tras haber tomado más marisco del que Ronnie había oído hablar, estaban sentados en una mesa del vestíbulo tomando café y no habían visto a su presa todavía. Se habían sentado cerca de la pista de baile, desde donde veían la puerta. Ronnie empezaba a dudar de que Clark fuera a aparecer.

Acarició el borde de la copa de vino y miró a Blake a los ojos. Si alguien los mirara, creería que estaban uno absorto en el otro. De hecho, a Ronnie le estaba costando recordar que todo era una farsa.

—Tal vez, nos deberíamos haber quedado en la habitación —dijo mirando el reloj—. Son más de las once. No creo que venga.

Él le agarró la mano y se la llevó a los labios.

—Si está aquí, aparecerá —contestó besándosela.

—¿Cómo lo sabes? —protestó ella en un susurro—. Has dicho que no lo conocías.

Blake se encogió de hombros.

—No lo he visto en mi vida, pero conozco a la gente como él. Si se parece al bastardo con el que solía trabajar, aparecerá —contestó dándole un beso en la palma de la mano.

Ronnie sintió un calor insoportable en la tripa al sentir su lengua. Sintió que le flojeaban las piernas y apretó los muslos. En lugar de apagar el fuego, avivó las llamas. Pensó en ir a la laguna, sola, para refrescarse un poco.

—Por lo que sabemos —consiguió decir—, Clark no quiere ser detectado. No tiene mucho sentido que venga.

Blake le puso la mano en el cuello y se

inclinó hacia delante. Al sentir sus labios tan cerca, Ronnie pensó que iba a enloquecer si la volvía a besar.

—Los tipos como Clark, que se van librando, a quienes nunca se puede acusar de nada, se creen intocables y esa suele ser su perdición —dijo Blake en voz baja—. ¿Cuánto tiempo lleváis investigando a Seaport?

—Poco más de dos meses; tal vez, tres —contestó ella sin poder apartar la mirada de su boca.

Blake le puso un dedo en la barbilla y la obligó a mirarlo a los ojos.

—¿Y en ese tiempo no se le pudo conectar con este lugar?

Ronnie negó con la cabeza porque no podía hablar. Su mirada la había terminado de confundir. Ya no discernía realidad de ficción. No sabía si Blake estaba fingiendo o no. Lo único que sabía era que lo deseaba, y al garete con las consecuencias.

—Según McCall —continuó él tan contento—, las visitas a Seaport cada diez días han comenzado hace poco, ¿verdad?

Menos mal que uno de ellos podía seguir pensando en la investigación. Ronnie asintió.

—Clark está metiendo la pata, Ronnie. No me digas que no lo ves.

Ella consiguió asentir de nuevo.

—Su forma de actuar pone de manifiesto que se cree por encima de la ley y más listo que todos nosotros. Esto de venir aquí cada dos por tres es su forma de restregárnoslo por las narices.

«Concéntrate, maldita sea, concéntrate», pensó Ronnie. Por desgracia, no podía.

—Puede ser —dijo apartándose. De lo contrario, se vio haciendo algo verdaderamente estúpido, como rodearle el cuello con los brazos y atacar—, pero seguimos sin tener pruebas. El tipo está limpio. No hay razones ni para sospechar de él. Si no fuera porque tú lo conoces, supongo que lo habríamos tratado como a un sospechoso más y, una vez visto que estaba limpio, seguramente ni lo habríamos vigilado.

Obviamente, Blake no había pillado la indirecta porque le puso la mano en la rodilla. Ronnie dio un respingo.

—Pero McCall ha detectado el modus operandi y todos sabemos que los patrones de actuación son banderas rojas en las investigaciones.

Como la que él estaba agitando frente a ella, cual torero para hacer que el toro entrara a matar.

—Al final, alguien se habría dado cuenta. Resulta que nos hemos saltado esa fase porque yo había oído hablar de él.

Ronnie procesó la información y apartó la rodilla.

—Blake, no me digas que no sabes cómo es físicamente.

—La verdad es que no.

—¿Podríamos estar sentados a su lado sin saberlo?

—Lo reconoceremos, tranquila.

No estaba tranquila en absoluto.

—¿Cómo? ¿Va a llevar un cartel colgado del cuello que ponga «soy narcotraficante»?

Llevaba tres horas absorta en sus palabras y en sus caricias, creyendo que estaban esperando a que llegara alguien a quien Blake reconocería de inmediato. Se había distraído y no se le había ocurrido antes que Blake no sabía cómo era el tipo.

Echó la silla hacia atrás y se puso en pie.

—¿A dónde vas?

—Al bar.

—Ronnie…

Le entraron ganas de decirle que se fuera a la habitación, que podía hacerse cargo de la situación ella sola, pero no podía hacerlo; no podía ir sola al bar de un complejo para recién casados. Maldición. Tenía un compañero que la volvía loca, pero que no sabía cómo era su principal sospechoso.

Suspiró y agarró el bolso.

—¿Vienes?

—Lo que la señora desee —sonrió él.

—Lo que la señora desea en estos momentos es algo que más nos vale olvidar —contestó.

Blake miró a su alrededor mientras esperaba a que Ronnie se sentara.

—No lo veo.

—¿Y cómo lo sabes?

Blake se sentó junto a ella.

—Me refería a McCall —contestó con paciencia.

Ronnie apartó un poco la silla y Blake sonrió. Estaba decidido. Aunque no fuera la opción más inteligente, deseaba a Ronnie. Lo había estado volviendo loco desde que había entrado en el despacho de Forbes y, por su comportamiento, se apostaba su sueldo a que ella también lo deseaba. Había algo que la echaba atrás, sin embargo, y Blake sospechaba que era su sentido del deber y la mala experiencia de la que le había hablado.

—Si su turno empieza por la tarde, no creo que esté aquí a estas horas —apuntó Ronnie tapándose con el chal y echándose hacia atrás en la silla.

—¿Y qué hacemos ahora? —preguntó Blake.

—Pedir una copa y ver qué pasa —contestó levantándose.

Blake le tomó la mano.

—Ya voy yo.

Ronnie suspiró y se volvió a sentar.

—¿Qué más da?

—¿Ves a ese tipo de ahí? —le preguntó con un movimiento de cabeza—. El que está al final de la barra.

—Sí. ¿Y? —dijo Ronnie soltándose.

—¿Cómo sabes que no es Clark?

—No sé, pero creo que no lo es.

—¿Por qué?

Ronnie se encogió de hombros.

—Sencillo, traje barato. Buscamos a un hombre de dinero, que probablemente vaya siempre vestido de Armani.

Su instinto lo dejó impresionado.

—¿Y aquel de allí? El que está en la mesa del fondo mirando a la camarera.

Ronnie sonrió y a Blake le dio un brinco el corazón.

—Demasiado mayor.

—¿Mayor? Pero si debe de tener treinta y pocos.

—No, él, no. Me refiero a su mujer —contestó ella divertida—. Si Clark está casado, seguro que ella es una Barbie.

Blake estaba de acuerdo.

Ronnie miró a su alrededor.

—Esto es peor que buscar una aguja en un pajar.

—Yo creo que podemos dar la noche por terminada —sugirió Blake—. Ni siquiera sabemos si ha llegado.

—Ni cómo es —sonrió ella burlona—. Deberíamos hablar con McCall y con Anderson. Al menos, Scott sabe cómo es.

Blake fue a levantarse, pero se quedó a medias cuando vio entrar a un caballero distinguido en el bar.

—La noche es joven —dijo volviéndose a sentar—. Mira al que está entrando.

Ronnie se acercó a él y lo tomó de la mano.

—¿Estás seguro?

—No al cien por cien —contestó Blake entrelazando sus dedos con los de Ronnie—, pero está claro que es alguien porque, mira al camarero: se está desviviendo por atenderlo.

—Voy a la barra —dijo Ronnie.

—De eso nada.

—Tenemos que averiguar si es él, Blake —protestó ella impaciente—. ¿Quieres que nos pongamos a vigilarlo sin saber si es él?

Blake miró al hombre. Debía de tener unos cuarenta años, cuarenta y cinco a lo sumo. La edad encajaba. Era castaño y llevaba el pelo corto. Además, vestía muy bien, con traje hecho a medida.

—Es él, Ronnie. Lo sé.

—Tenemos que estar seguros. Voy a la barra —insistió levantándose.

—No, Ronnie.

—No te preocupes. Siéntate y observa a una profesional en acción, guapo.

No podía impedírselo. Habría sido montar una escena y llamar la atención. No tuvo más remedio que quedarse allí sentado aparentando calma y tranquilidad. Vio a Ronnie cruzar el bar e ir directa a la zona en la que estaba el sospechoso.

Blake se tensó, pero Ronnie ignoró a Clark y se apoyó en la barra. Él, sin embargo, no pudo hacer lo mismo. La miró de arriba abajo apreciativamente. A Blake no le gustó que otro hombre mirara a su mujer.

«A mi compañera», rectificó.

Clark estaba tan cerca de ella como para oler su perfume.

Blake clavó las uñas en la butaca.

El camarero le preguntó a Ronnie qué quería. Observó que le decía algo acerca del hombre de la barra. Ronnie se tensó.

Ya estaba. Era su hombre.

De repente, se encontró con que le costaba respirar. Le daba pánico que Ronnie estuviera a pocos centímetros de Clark. Aquello no era propio de un detective con experiencia, pero no podía impedirlo.

Ronnie seguía ignorando a Clark, esperando a que le pusiera las consumiciones.

El camarero puso dos copas delante de ella y Ronnie firmó la factura. Agarró las dos copas de vino, se dio la vuelta y derramó una entera sobre Alister Clark.

Capítulo ocho

Ronnie exclamó, se apresuró a dejar las copas vacías en la barra y a agarrar unas servilletas de papel.

—Lo siento mucho —dijo limpiando el vino que había tirado intencionadamente sobre Clark.

—No pasa nada —contestó él con calma— Ha sido un accidente.

Ronnie le dedicó una estupenda sonrisa.

—Ha sido culpa mía —insistió—. Estaba pensando en mis cosas.

El hombre sonrió también. Tenía una sonrisa agradable a pesar de ser sospechoso de narcotráfico, y unos bonitos ojos azules con los que vigilaba todo lo que ocurría a su alrededor.

—No se preocupe —dijo tomando algunas servilletas.

Ronnie rio nerviosa y le dio más servilletas. Qué buena suerte habían tenido. Habían dado con Clark la primera noche.

—Normalmente, no soy tan patosa —dijo—. Llévelo al tinte y dígame cuánto le debo.

—No será necesario —contestó él haciéndole un gesto al camarero—. Póngale a la señorita las copas de nuevo.

—Enseguida, señor Clark.

A juzgar por la rapidez con la que el camarero lo atendía, Clark iba mucho por allí o, como sostenía Blake, tenía algo que ver con el complejo. ¿Sería uno de los dueños escondido tras varias empresas fantasmas? Cada vez le parecía más posible.

—Insisto en pagarle la tintorería —dijo Ronnie—. ¿Tiene una tarjeta para que le apunte el número de mi habitación y me pueda mandar la factura?

—No se preocupe —contestó él poniendo la mano sobre su brazo. Ronnie sintió como si fuera una serpiente, una de esas grandes y fuertes que matan por asfixia a sus víctimas.

—Ronnie, cariño, ¿estás bien?

Al oír la voz de Blake, suspiró aliviada.

—Sí, ya sabes lo patosa que soy —contestó dándose la vuelta—. Mira, te presento a... perdone, no me acuerdo de su nombre.

—Clark —dijo él tendiéndole la mano a Blake—. Alister Clark.

—Blake St. Claire —contestó Blake estrechándosela.

Ronnie estaba decidida a no irse hasta que hubiera averiguado algo de aquel hombre que pudiera dar a sus superiores para que miraran en los ordenadores.

—¿Me permite, por lo menos, que lo invite a una copa? —le preguntó.

—Solo si me acompaña —contestó Clark mirándola de arriba abajo rápidamente—, Ronnie, ¿no?

—Sí, es un apodo. Me llamo Verónica Car... perdón, St. Claire —rio nerviosa—. Todavía no me he acostumbrado —añadió sentándose en un taburete a pesar de la mirada de advertencia de Blake. No podía dejar pasar la oportunidad. Con un poco de suerte, podrían obtener alguna pista.

—¿De luna de miel?

Ronnie dejó el bolso sobre la barra y cruzó las piernas.

—Sí, bueno, aunque aquí no hay mucho que hacer. Yo quería ir a Europa otra vez, pero Blake —contestó agarrándolo de la mano— insistió en que no podía alejarse tanto de su preciosa agencia de inversión.

Clark miró a Blake con curiosidad y Ronnie se sintió esperanzada.

—¿Trabaja usted en Bolsa?

Ronnie suspiró.

—Para mí no es una afición muy interesante, pero... —contestó. Odiaba hacer de mujer cabeza hueca, pero estaba funcionando.

Blake tuvo que admitir que Ronnie lo estaba haciendo bien. Estaba interpretando su papel a las mil maravillas y había conseguido captar la curiosidad de Clark, quien, por otra parte, no dejaba de mirarle el escote.

—Cariño —dijo con tono paciente—, ¿cuántas veces tengo que decirte que no es una afición? Son negocios.

Ronnie se encogió de hombros.

—Bueno, a mí me sigue pareciendo una tontería —dijo haciendo un gesto despectivo con la mano—. No entiendo por qué se tiene que manchar él las manos de dinero cuando tiene a una legión de analistas.

Blake aceptó la copa de vino que Ronnie le dio.

—No acabo de hacerle entender a mi esposa que el mundo de las inversiones puede resultar de lo más divertido. ¿No está usted de acuerdo, señor Clark?

—Sí, la verdad es que sí —contestó el aludido.

—¿Usted también se dedica a esas cosas? —preguntó Ronnie—. Deben ser cosas de hombres.

«Es buena», pensó Blake sonriendo. Con aquella interpretación, tenía a Clark comiendo de la palma de su mano.

—Hacer dinero es cosa de hombres y de mujeres —contestó con una sonrisa condescendiente.

—A mí me parece aburrido. Blake, sin embargo, dice que los beneficios que se obtienen compensan y se pone como loco cuando consigue despistar a los de Hacienda, ¿verdad, cariño?

Estaba yendo demasiado lejos. No era cuestión de mostrar todas las cartas nada más conocer a Clark.

—Cielo, no creo que al señor Clark le apetezca que lo aburramos con estas cosas —le dijo esperando que captara la indirecta.

—Vamos, tonterías, Blake —contestó ella con impaciencia—. Seguro que os encanta poneros a hablar de todas esas inversiones y cifras. Al fin y al cabo, os dedicáis a lo mismo.

—Cielo, ¿no te enseñaron en el colegio que no es de buena educación hablar de dinero en público?

Ronnie lo miró con los ojos entrecerrados y sonrió a Clark.

—Mi marido tiene razón —dijo—. Perdón.

Clark le acarició la mano.

—No pasa nada, señora St. Claire. En realidad, a mí estos temas me interesan mucho.

Blake tuvo la sensación de que no se refería al dinero en absoluto, a juzgar por cómo le acariciaba la mano. No le gustó en absoluto.

No le estaba gustando el rumbo que estaba tomando la investigación. Sabía que Clark estaba metido de alguna manera y, aunque había sido él quien había propuesto que se acercaran, no le estaba gustando que Ronnie estuviera cerca de aquel individuo.

Dejó su copa en la barra y miró a Ronnie significativamente.

—Nos tenemos que ir —anunció—. Mañana tenemos que madrugar.

—¿Ah, sí? —preguntó Ronnie con una ceja enarcada.

Blake arrugó el ceño.

—Dijiste que querías ir de compras.

Ronnie se rio, pero sus ojos no reflejaban que le estuviera haciendo gracia nada.

—Cariño, hoy ya lo hemos visto todo. Deberíamos habernos ido a Europa. Al menos, allí podríamos haber ido a fiestas. Ya sabes, habernos divertido un poco.

Clark se puso en pie de repente.

—Mañana doy una fiesta a bordo del Mary Alice —anunció—. Seremos unos cuantos amigos. No creo que sea tan divertido como Europa, pero me encantaría que vinieran.

«Te encantaría que fuera ella», pensó Blake. De eso nada. Estaba decidido a no dejar a Ronnie sola con Clark en ningún momento.

1068589512

—¿El Mary Alice? —preguntó Ronnie fingiendo ignorancia.

—Mi yate. Mandaré a buscarlos a mediodía. ¿Les parece bien?

Blake sintió como si fueran en un tren descarrilado y sin frenos.

—No sé si deberíamos…

—Estupendo —intervino Ronnie—. Hace años que no navego.

Blake se dio cuenta de que estaba haciendo su trabajo. No era una novata, sabía que corrían peligro aceptando aquella invitación, pero había conseguido convertir un encuentro fortuito en una oportunidad de oro.

—Muy bien —dijo Clark—. Me tengo que ir. Mi mujer se estará preguntando dónde me he metido.

Se despidieron y Blake esperó a que Clark hubiera desaparecido para agarrar a Ronnie de la mano y llevársela de la barra.

—Ha ido muy bien, ¿verdad? —preguntó ella una vez fuera del bar.

—Sí, me has dejado impresionado. Aunque te has pasado un poquito haciendo de esposa cabeza de chorlito.

Ronnie se rio.

—Gracias —dijo con el mismo acento con el que le había hablado a Clark.

—¿Tienes algún plan en mente? —preguntó siguiendo el camino que los llevaría a su bungaló, donde estarían a solas con una enorme cama.

—Registrar el yate, por supuesto —contestó Ronnie.

—¿Qué esperas encontrar? —preguntó Blake abriendo la puerta—. ¿Bolsas de polvo blanco?

—Claro que no.

—Clark podría haber sospechado de nosotros —apuntó Blake siguiéndola al interior.

—No sé qué te pasa, pero tengo la impresión de que no te apetece demasiado lo de mañana.

—No es eso —contestó Blake tomando aire—, pero tenemos que tener cuidado.

Eso mismo le habría dicho a Luke, pero, de alguna manera, estaba empezando a sospechar que con Ronnie era diferente, que era más que su compañera temporal. No quería que le ocurriera nada.

Ella se quitó los zapatos.

—Estoy acostumbrada a este tipo de operaciones —le dijo quitándose los pendientes—. No es la primera vez que trato con tipos como Alister Clark.

Blake se sentó en el borde de la cama.

—Lo sé.

—Entonces, ¿qué te pasa? Hay algo que te tiene preocupado. ¿De qué se trata?

—Sé que forma parte de la operación,

pero no me gusta que estés cerca de él. Me da miedo, ¿sabes?

Ronnie fue hacia la cama, se sentó a su lado y le tomó la mano.

—Eso es muy considerado por tu parte y te lo agradezco, pero, créeme, puedo con él. No es esto lo que quiero hacer el resto de mi vida, pero soy una buena agente y sé hacer bien mi trabajo.

Blake la miró y se dio cuenta de que había muchísimas cosas sobre ella que no sabía. Tuvo la certeza de que podría pasar el resto de su vida con ella sin llegar a entenderla del todo. Había muchos aspectos de ella que seguían siendo todo un misterio.

Menos mal que se le daba bien resolver misterios.

—¿Y qué quieres hacer?

—Eso no importa.

—Yo creo que sí. Nos vamos a meter en algo muy peligroso. Si no tienes el corazón puesto en ello, me parece que sería mejor dejarlo e idear otra forma de aproximarnos al sospechoso.

Ronnie le soltó la mano, pero siguió sentada a su lado.

—No te preocupes. Estoy lista para mañana. Tengo que resolver este caso. Va a ser el último.

—¿Te vas a jubilar? —sonrió Blake—. ¿A

la temprana edad de veintiocho años?

—No —contestó Ronnie—. Quiero cambiar de profesión.

—A ver si lo adivino. ¿Abogada?

Ronnie se rio.

—Frío, frío. No, quiero poner un negocio. Por eso, me voy a volver a Savannah.

—¿Un hotel o algo así?

—No, no, nada que ver.

—Venga, dímelo —sonrió Blake.

—No. ¿Te importa que cambiemos de tema?

—No hasta que me lo cuentes.

Ronnie suspiró y lo miró a los ojos.

—Muy bien, pero, si te ríes, te pego un tiro —dijo tomando aire—. Una tienda de regalos y coleccionables.

Blake no se rio, pero la tomó de la mano y sonrió.

—Te lo digo en serio, no te rías —le advirtió.

—¿Por qué me iba a reír?

—No sé.

—La verdad es que una tienda no tiene nada que ver con atrapar narcotraficantes.

—Exacto. Yo nunca quise ser agente de la DEA, pero, cuando mi hermano murió por culpa de un conductor borracho, toda mi familia asumió que yo lo reemplazaría.

—Siento lo de tu hermano.

—Gracias.

—De todas formas, no me parece bien que asumieran eso.

—No ha habido una sola generación de Carmichaels que no hayan llevado placa.

—No hace falta que me expliques. Lo entiendo —le dijo sinceramente. Él siempre había querido ser policía. Había querido ser como su padre. Como marido y como padre, Jim Hammond había dejado mucho que desear, pero había sido uno de los mejores del cuerpo.

Blake suspiró y se levantó.

—Deberíamos vigilar un poco antes de ir mañana al yate de Clark —dijo cambiando de tema.

Ronnie sonrió.

—¿Quieres vigilar? Pues ven —dijo levantándose de la cama y yendo hacia la cámara. Sacó la cinta y puso otra nueva para que siguiera grabando—. Tal vez, tengamos otro golpe de suerte.

—¿Cuentas con verle sacar droga del yate? No sé yo, Ronnie.

Ronnie se agachó para meter la cinta en el vídeo. Blake sintió que se le secaba la boca al percibir su trasero marcado por la tela del vestido.

—¿Por qué lo dices? —preguntó inclinándose un poco más. Casi se le veía el comienzo de las medias y a Blake se le aceleró el corazón—. Fuiste tú quien dijo que seguro que estaba involucrado.

Blake tragó saliva.

—Involucrado, sí —consiguió decir—, pero no es tonto. ¿De verdad crees que vas a tener una grabación de él en persona moviendo la droga?

—Solo hay una forma de saberlo —contestó poniendo el vídeo en marcha.

Vieron la orilla, el embarcadero con dos taxis acuáticos y las palmeras.

—Hay más de cuatro horas de grabación —apuntó Blake—. Podríamos estar toda la noche —añadió mirando el reloj. Eran más de las doce—. No sé tú, pero yo estoy molido. Ha sido un día muy largo.

Ronnie lo miró con impaciencia y comenzó a pasar la cinta hacia delante. Cinco minutos después, Blake vio algo que le llamó la atención.

—Espera, da para atrás.

—Lo he visto —dijo ella obedeciendo—. Ahí.

La volvió a poner y miraron atentos. Algo se movía en la parte inferior de la pantalla. Blake no acertaba a verlo bien, así que se acercó a la pantalla.

—Madre mía —comentó Ronnie divertida.

Entonces, lo vio. Las piernas entrelazadas de un hombre y de una mujer. No había duda de lo que estaban haciendo. El hombre se puso las piernas de su compañera en los hombros y comenzó a hacerle el amor con la boca. No se veía la cara de la mujer ni se oían sus gritos, pero a Blake no le costó mucho imaginarse el momento.

Ronnie sabía que debería apagarlo o pasarlo para delante, pero estaba obnubilada con lo que estaba viendo en la pantalla. Se imaginó la boca de Blake y, cuando el hombre agarró a la mujer de los muslos y la obligó a abrirse un poco más, Ronnie sintió que eran las manos de Blake en su cuerpo, que la llevaba a un lugar donde solo importaban el deseo y la pasión.

Sintió que le costaba respirar. Estaba caliente y excitada. Pensó que, tal vez, debería avergonzarse por excitarse viendo algo tan íntimo y personal, pero no era así. No sentía vergüenza por desear el cuerpo de Blake a pesar de las veces que se había repetido a sí misma que no podía ser.

Lo miró disimuladamente y lo encontró igual de anonadado. ¿Estaría pensando en lo mismo que ella? Le miró la bragueta y tuvo que ahogar una exclamación. No había duda, estaba excitado. Creyó perder el control, así que paró la grabación.

Aquello no se pasaba con una ducha fría. Necesitaba actividad física, así que se levantó y fue hacia el armario.

—¿Qué haces?

—Me voy a nadar —contestó ya en la puerta.

—¿Sin bañador?

—No creo que haya nadie en las lagunas a estas horas —contestó saliendo.

Mientras cruzaba el jardín, se dio cuenta de que, a pesar de lo que le había pasado con su anterior compañero, quería estar con Blake. Era sincero, leal y se preocupaba por ella. No había nada deshonroso en el cuerpazo de Blake Hammond.

No sabía si aquello era suficiente para incumplir la promesa que se había hecho a sí misma de no volverse a liar con un compañero. No quería analizar la situación porque, de repente, se dio cuenta de que, tal vez, había dado pie a que Blake la siguiera.

Capítulo nueve

Blake estaba frente a la última puerta de las lagunas. Las dos primeras estaban abiertas. No había seguido a Ronnie porque supiera que iba a estar nadando desnuda ni porque estuviera tan excitado como ella por aquella repentina grabación. Al menos, eso es lo que se repetía una y otra vez. No, la había seguido para protegerla. Se rio de sí mismo. Ronnie era una agente experimentada que no necesitaba que nadie la protegiera.

Entonces, ¿qué lo había llevado allí? Pura y llanamente, el deseo. Era inútil seguir negándolo. Además, ¿no era ya hora de que ambos se enfrentaran a la verdad? La deseaba. Punto. Y se apostaba sus preciosos catorce días de vacaciones a que ella también lo deseaba.

Decidió que, si le decía que se fuera lo haría, pero su instinto le decía que se iba a alegrar de su presencia.

Al pensar en su cuerpo desnudo en el agua, abrió la puerta sin pensárselo dos veces.

Entró en silencio y cerró la puerta con llave.

La única luz que entraba era la de la luna. El hilo musical también ayudaba a crear un ambiente de lo más romántico.

Se quedó quieto esperando oírla, pero solo oía la música de Kenny G.

—Esto es un error, Blake —susurró.

Ni una invitación ni una orden para que se fuera. Algo intermedio que dejaba en sus manos la opción de quedarse y hacerle el amor. Para eso había ido. Dejándole a él la responsabilidad, ¿se estaba lavando las manos? ¿Buscaba placer sin remordimientos?

El placer corría por su cuenta; la absolución tendría que dársela ella a sí misma.

Blake cruzó la estancia, se sentó en una silla, se quitó los zapatos y los dejó junto a los de Ronnie. Debía de estar esperándolo porque había dos toallas y la caja de preservativos. Solo faltaba el champán.

Blake miró hacia el agua buscándola mientras se quitaba los calcetines.

—A veces, los errores no tienen las repercusiones que uno cree —dijo creyendo adivinar su silueta junto a la cascada.

—¿Cómo lo sabes?

Blake se quitó la corbata y la camisa y las dejó en la silla junto a su vestido. Sintió una punzada en el estómago al ver su ropa interior. Una cosa era habérsela imaginado

111

nadando desnuda y otra que fuera cierto.

—No lo sabes —consiguió contestar— hasta que lo has hecho.

Ronnie se rio sensualmente.

—Pero, entonces, ya es demasiado tarde.

—¿De qué tienes miedo?

—De que la historia se repita —contestó.

—Eso es lo que hacemos los hombres una y otra vez. El ser humano ha estado repitiendo la historia desde tiempos inmemoriales. ¿Por qué existen las guerras, si no?

Ronnie volvió a reírse.

—Recuérdame que no vaya a ti en busca de consuelo.

—¿Es consuelo lo que quieres? ¿O prefieres algo mucho más fuerte y placentero?

—¿Puedo tener las tres cosas?

—Sí, pero solo si estás dispuesta a disfrutar del momento.

—¿Ah, sí? —dijo desapareciendo bajo el agua.

Blake se quedó de pie, descalzo, pero con los pantalones puestos. Esperaba que apareciera y le diera muestras de que quería que se quedara.

Ronnie apareció, salió del agua y fue hacia él. No llevaba nada, solo una dulce sonrisa prendida de los labios. Blake observó su piel satinada y, a medida que se iba acercando a él con todas aquellas gotas cayendo de su cuerpo, fue dejando de respirar. Era tan guapa...

—¿Estás segura? —le preguntó con el corazón en un puño. Los segundos que tardó en contestar se le antojaron siglos.

Ronnie sonrió todavía más.

—Muy noble por tu parte, Blake.

Noble era lo último que se sentía. Excitado, caliente y mil adjetivos más que se resumían en una sola cosa: debía poseerla.

—No te creas. Si empezamos no sé si voy a poder parar.

Ronnie se acercó.

—Entonces, quizá —dijo poniéndole la mano en el pecho—, deberíamos concentrarnos en el momento.

Blake le tomó la mano y se la puso sobre el corazón para que sintiera su ritmo frenético.

—Es lo que más deseo —dijo mirándola a los ojos—, pero necesito saber si esto es lo que tú quieres, Ronnie. Si no estás segura, dímelo. Me vuelvo al bungaló y fingimos que esto nunca ha ocurrido.

Se moriría si tuviera que hacerlo, pero lo había dicho en serio. Estaba dispuesto a irse si Ronnie no estaba cien por cien segura de entregarse a él. No le estaba pidiendo un «para siempre», ni siquiera un «para mañana», porque sabía que ella tenía dragones escondidos en su interior. Sabía que Ronnie solo le podía ofrecer el presente y lo aceptaba porque sabía que, así, ella se sentía más segura. Muy bien, si aquella era la condición, adelante.

—El momento —dijo—. Ahora, esta noche. Sin remordimientos.

Ronnie le agarró la otra mano y se la puso en el pecho.

—Por el momento —susurró.

Blake sintió la plenitud de su seno en la palma de la mano, la piel suave y mojada, y la mano de Ronnie sobre su corazón. El momento le pareció de lo más erótico.

—Será un momento que ninguno de los dos olvidará —le dijo soltándole la mano y agarrándola de la cintura para acercarla a él. El cuerpo femenino se acopló perfectamente al suyo. Se inclinó para darle un beso que él creía tierno y dulce. Sin embargo, se encontró con una respuesta apasionada.

Ronnie sabía que la historia se estaba repitiendo de alguna manera. De alguna manera creía que estaba cometiendo un terrible error pero no encontraba ninguna razón poderosa para apartarse de Blake y renunciar a las maravillosas sensaciones que le estaba aportando.

Lo deseaba. Lo había deseado desde el primer momento. Admitir aquella atracción no le había resultado fácil, pero era obvia.

Lo necesitaba para que aplacara su deseo y su inquietud. Solo él podía hacerlo.

Aquello la asustaba y la fascinaba. Más allá del ardor, de la pasión que la había estado consumiendo, subyacía una verdad muy sencilla... la sinceridad de hacer el amor. Con Blake, no había promesas falsas. No había mentiras. Aquella vez, solo era deseo y placer.

Le pasó los brazos por el cuello y lo estrechó contra su cuerpo. Su olor, los latidos de su corazón y el calor de su piel acrecentaron el hambre que sentía por él. Se estremeció y se sintió húmeda entre las piernas.

Se apretó contra sus muslos. Al sentir la tela de sus pantalones contra la parte más sensible de su cuerpo, no pudo evitar emitir un gemido de placer. Lo quería desnudo. Quería sentir su piel, su calor, su cuerpo.

Levantó la pierna y con la rodilla jugueteó con su miembro hasta donde le fue posible para no perder el equilibrio. Sintió la bragueta abultada y Blake emitió un sonido gutural. Le puso una mano en las nalgas y la atrajo hacia él. La otra mano seguía en unos de sus pechos y con el pulgar estaba haciendo círculos alrededor del pezón.

La besó con fruición mientras hacía presión con el muslo en el que ella estaba apoyada y Ronnie se sintió más excitada que nunca. Le acarició las nalgas y deslizó los dedos hasta la zona húmeda. Los primeros temblores de placer la tomaron por sorpresa. Blake apretó más el muslo y, con la yema del dedo, masajeó en aquella zona erógena hasta que Ronnie no pudo más.

Gritó ante la fuerza del clímax. Blake no paró mientras los deliciosos temblores sacudían su cuerpo. Deslizó la lengua por su cuello hasta llegar a su pecho y, finalmente, Ronnie sintió su boca húmeda y caliente sobre el pezón.

Continuó jugueteando con su pezón mientras a ella se le pasaban los espasmos. En lugar de sentirse saciada, su cuerpo quería más. Quería dárselo todo, quería permitirle que la amara como quisiera, que la llevara a cotas de placer antes no alcanzadas.

Deslizó los dedos por su pelo y lo volvió a besar. Cuando lo tuvo así, le desabrochó los pantalones. Lo quería desnudo. Bajó besándolo hasta el torso y le quitó los pantalones y los calzoncillos mientras se ponía de rodillas ante él.

—¿Ronnie?

—Shh —murmuró ella—. Deja que lleve yo las riendas.

Blake ahogó una exclamación al sentir los labios de Ronnie en su miembro. Le puso las manos en los hombros. Ronnie sintió una ligera presión cuando deslizó la lengua por la punta de su miembro y lo oyó gemir de placer.

Blake sintió que las piernas no lo sostenían. Se estremeció y gimió con cada embestida de su boca. Lo volvió loco, pero paró justo a tiempo. Blake no podía más, le parecía que iba a explotar.

Intentó hacer que parara, pero ella no lo consintió. Siguió haciéndole cosas que dejaban sus fantasías eróticas a la altura del betún. Sintió un zumbido en los oídos. Las piernas le temblaron y percibió que se acercaba al precipicio. Gritó su nombre mientras alcanzaba el clímax. Ronnie lo agarró de las nalgas mientras lo dejaba terminar. Blake no quería que aquel momento terminara nunca.

—¿Nos tumbamos? —propuso ella cuando se levantó por fin.

—¿Qué te parece si nos metemos en el agua?

La soltó el tiempo justo para ponerse un preservativo.

—¿Sabes hacer el muerto?

Ronnie lo miró como si se hubiera vuelto loco de repente.

—No me refería a eso cuando he dicho lo de tumbarnos —bromeó.

—Confía en mí —sonrió él.

—Hay tres cosas en la vida que no debes creer —dijo Ronnie mientras iban hacia el centro de la laguna—. Que el cheque te llegará por correo, a un hombre que te dice «confía en mí» y a otro que te dice que no va a… bueno, eso ya no importa porque ya hemos pasado esa fase.

Blake la agarró y la atrajo hacia sí.

—Si no recuerdo mal, no me ha dado tiempo ni a decir que no iba a terminar en tu boca.

—Bueno, no ha sido culpa tuya —dijo ella pasándole los brazos alrededor del cuello.

Se rio y se sorprendió de lo bien que se encontraba. Había creído que hacer el amor con Blake iba a ser un gran error, pero estaba comprendiendo las diferencias entre el presente y el pasado. Blake no le estaba pidiendo un imposible, no le había mentido. No, había sido sincero, le había dicho que quería acostarse con ella porque la deseaba. No había otro motivo, solo darse placer mutuamente. Aceptar aquello como adultos no tenía nada que ver con los errores que había cometido en el pasado. No tenía nada que temer.

Blake la colocó de manera que sus muslos reposaran sobre sus antebrazos. Ronnie lo abrazó con las piernas, hizo el candado con los tobillos y sintió las manos de él en las nalgas. Con una lentitud agonizante, Blake deslizó las manos hacia su centro y jugueteó como antes.

—Me pones a mil —musitó—. Quiero sentirte dentro.

Vio que se le oscurecían las pupilas.

—¿Ah, sí? —dijo masajeándole de nuevo aquella zona tan excitante.

Ronnie lo agarró del pelo y sintió que le faltaba el aire. Sus caricias, el agua caliente y el calor de sus ojos eran demasiado. Solo pudo gemir de placer.

—¿A mil? —insistió sin parar de tocarla e introduciendo dos dedos en su cuerpo—. ¿Qué hace que esto se humedezca y tiemble?

Ronnie emitió un gritito de placer.

—Dímelo —insistió Blake.

Ronnie visualizó la respuesta, pero no era la correcta. Aquellas palabras las había inspirado la electrizante sensualidad del momento. Tenía el cuerpo en estado de caos y su mente estaba confundida.

—Que... que te deseo —contestó por fin.

—Yo también te deseo, preciosa —dijo él—. Te deseo más que a nada.

Aquello hizo que Ronnie oyera campanas de alarma. Lo miró y vio pasión y ternura en sus ojos.

La pasión, bien; la ternura, no sabía.

—Por el momento —dijo.

Blake sonrió.

—Por el momento —dijo acariciándola más rápido.

Había dicho lo que ella quería oír, pero tenía la sensación de que solo había sido porque ella lo había dicho primero. «¡Qué absurdo!», pensó. Más que absurdo, completamente absurdo. Absurdo, sí, absurdo y decepcionante. Bueno, aquello tenía una explicación. Sus hormonas habían vuelto a la vida de repente y la sobredosis de química había hecho que las endorfinas le atrofiaran el cerebro y la volvieran paranoica. Se trataba únicamente de dar y recibir placer.

—Bueno, no me has dicho si sabes hacer el muerto —sonrió Blake.

Capítulo diez

Ronnie enarcó una ceja y lo miró con escepticismo.

—¿En el agua?

Por mucho que intentaba imaginárselo, no conseguía cómo pretendía Blake hacer el amor en aquella postura. Era imposible.

—Túmbate boca arriba y relájate —dijo él con una gran sonrisa.

—¿Pero… cómo… vamos a…?

—Yo te sujeto —contestó besándola—. Confía en mí.

Con los muslos todavía en sus antebrazos, Ronnie se echó hacia atrás. Él la agarró de la zona lumbar y le dio instrucciones para que bajara la cabeza y se relajara.

—Relájate, Ronnie. Te juro que te va a gustar, ya lo verás.

Suspiró e hizo lo que le indicaba. Bajó la cabeza y dejó los brazos flotando. Blake la agarró y la acercó hasta que la parte posterior de sus muslos estuvo en contacto con sus bíceps. Ronnie tenía las piernas completamente abiertas y la parte más íntima de su cuerpo estaba al descubierto.

Los contrastes eran de lo más erótico. La

frescura del agua que se deslizaba por su piel y la calidez del aire que le acariciaba aquella zona tan sensible. Solo oía su respiración y encima tenía el cielo con la luna. Las manos de Blake eran lo único que le recordaba que no estaba sola.

Blake le levantó las caderas lentamente. Al sentir el frescor del agua, Ronnie gimió de placer. Y al notar el primer lengüetazo en la parte interna del muslo, creyó que se derretía.

Blake saboreó su piel, la besó y la mordisqueó por igual en ambas piernas sin perder de vista en ningún momento el centro de su cuerpo. Ronnie sentía el cuerpo completamente tenso. El deseo la tenía arrebatada. Se moría por sentir la boca de Blake.

Él se tomó su tiempo, jugueteó por las zonas cercanas siempre muy cerca del punto más sensible. Ante los gemidos de frustración de Ronnie, dijo algo que ella no alcanzó a comprender, pero que imprimió más sensualidad a la situación.

—Blake, por favor —rogó.

En lugar de obedecer inmediatamente, él la bajó y dejó que su cuerpo entrara de nuevo en contacto con el agua. A continuación, colocó sus labios donde Ronnie quería. Ella tomó aire y lo dejó escapar paralizada por el placer. Blake hizo círculos con la lengua, cada vez más rápido y con más fuerza.

Ronnie olvidó que debía mantenerse a flote y se dejó llevar por las sensaciones. El agua, su boca, la presión en su interior, cada vez más fuerte. Alcanzó el clímax rápidamente, y Blake la sujetó cuando arqueó la espalda en respuesta a las electrizantes oleadas que sacudían su cuerpo. Gritó y oyó los latidos de su corazón a toda velocidad.

Antes de que las oleadas de placer hubieran terminado, Blake la sacó del agua y le colocó las piernas de nuevo alrededor de su cintura. En ese momento, entró en su cuerpo y Ronnie se arqueó ante todo aquel orgasmo. Blake la agarró de las caderas y fue guiando sus movimientos hasta que se acompasaron con sus embestidas. La llevó hasta el borde del precipicio varias veces para alejarla de él en el último momento y depositarla en un bello lugar entre la emoción y el sexo. Ronnie estuvo a punto de llorar al alcanzar el segundo orgasmo.

Se apretó contra él; no quería perder la pasión del momento. Gritó su nombre al sentir otra oleada de éxtasis por todo el cuerpo. En ese momento, Blake gritó su nombre desde lo más hondo de su ser y ella no paró de moverse hasta el último momento.

Lo abrazó y apoyó la cabeza en su hombro hasta que la tormenta sensual se hubo dispersado. Mientras la respiración y el ritmo cardíaco volvían a la normalidad, Ronnie se dio cuenta de que su corazón estaba henchido. Había bajado la guardia y se vio asaltada por multitud de sentimientos que no quiso analizar. La ternura que la embargaba no era más que la consecuencia directa de haber tenido una experiencia sexual gloriosa. No era una de esas desesperadas que se empeñaban en unir siempre amor y sexo. Sexo del bueno era eso, sexo del bueno. Nada más. Punto.

Le había dicho a Blake una vez que era un mentiroso y pensó que a ella le podrían decir lo mismo en aquellos momentos porque no se creía nada de lo que se acababa de decir a sí misma.

Blake se apoyó en la puerta del elegante baño y observó cómo Ronnie se ponía máscara de pestañas. Llevaba una toalla anudada al cuerpo que dejaba casi a la vista su trasero. Blake sintió calor en la entrepierna.

—Vamos a llegar tarde, cariño.

—No sería así si no te hubieras metido en la ducha conmigo —contestó ella con una gran sonrisa.

—No te quejabas tanto cuando te estaba frotando la espalda —se rio.

—Entre otras cosas.

—Ahí es donde han empezado los problemas.

Ronnie se rio. A Blake le encantaba que lo hiciera. La verdad era que todo en ella le parecía adorable. Su relación había dejado de ser puramente profesional y no creía que pudiera ser más personal de lo que había sido la noche anterior y aquella misma mañana.

No sabía muy bien qué hacer a continuación. Todo dependía de Ronnie. Una vez terminado el caso, no sabía si iba a ser capaz de separarse de ella. Por primera vez desde su desastroso compromiso de boda, estaba dispuesto a intentar algo que durara para siempre.

—En lugar de quedarte ahí mirándome —le dijo—, podrías ir a mirar la cámara de vídeo o algo.

Blake suspiró y se cruzó de brazos.

—Voy a llamar a Luke. Seguro que tiene algo de Clark.

—Vas a llamar desde fuera del complejo, ¿verdad? —preguntó pintándose los labios.

—Sí —contestó él sin perder detalle del momento. Inmediatamente, recordó aquella boca en su cuerpo y se excitó.

—Deberíamos decirles a McCall o a Anderson que vamos a estar a bordo del yate de Clark. Como vas a llamar a Luke, díselo. Cuando vuelvas, estaré lista.

Blake decidió que había llegado el momento de irse. Si seguía allí, corrían el riesgo de no salir jamás de la habitación.

—No sé cómo es Anderson ni dónde encontrarlo.

Ronnie sonrió.

—Anderson es una mujer y está en el departamento de limpieza. Como no ha venido, supongo que será su día libre —dijo quitándose la toalla de la cabeza—. Será mejor que hables con Scott.

Sin apartar la vista de sus ojos, Blake se acercó a ella. Vio deseo en sus pupilas. Hubiera dado cualquier cosa por poder olvidarse del mundo y pasar todo el día haciéndole el amor.

—Vas a tener que pintarte los labios de nuevo —le dijo poniéndole una mano en la nuca.

—Es solo pintalabios —contestó ella.

Inclinó la cabeza y le pasó la lengua por el labio inferior. La oyó emitir un pequeño gemido y sintió su cuerpo. ¿Qué tenía aquella mujer que lo volvía loco?

La besó con pasión y deslizó la mano bajo la toalla hasta posar la mano en su trasero. La tentación de hacerle de nuevo el amor era insoportable.

Haciendo un gran esfuerzo, se apartó.

—Deberíamos hablar —le dijo. Estuvo a

punto de añadir «sobre el futuro», pero viendo su cuerpo tensarse se calló—. Cuando tengamos tiempo.

—Esta noche —dijo ella girándose hacia el espejo para peinarse.

No lo volvió a mirar. La magia que había entre ellos había desaparecido.

—Ronnie —dijo preocupado por su repentino cambio de actitud.

—Vete ya, no tenemos tiempo —dijo ella poniendo el secador en marcha.

—Hola, amigo, ¿me podría decir dónde puede uno comprar tabaco por aquí?

—Tiene una tienda aquí al lado —contestó Scott mirando el reloj—. A cinco minutos.

Blake le dio las gracias y salió en dirección a la tienda. Calculó que McCall tardaría unos diez minutos en reunirse con él, así que decidió llamar mientras tanto a Luke.

Su compañero lo informó de que habían encontrado un alijo de cocaína de unos cincuenta kilos. Tenían pistas que llevaban hacia Clark, pero nada definitivo.

Blake escuchó mientras Luke le contaba que la casa donde encontraron la mercancía estaba alquilada a nombre de una tal Rhonda Hillman, la cuñada de Billy Hillman.

—¿Quién diablos es ese?

—El hermano pequeño de Cheryl, la mujer de Clark —contestó Luke.

—Maldita sea —dijo Blake viendo aparecer a Scott.

—Estoy esperando a que arresten al tipo para interrogarlo.

Maldición. Mientras Ronnie y él se metían bajo las sábanas, Clark había movido una partida de cocaína. En la cinta de vídeo solo estaba la pareja aquella haciendo el amor. Tal vez, las drogas no se distribuían desde el complejo o las recogían en otro lugar para llevarlas al yate de Clark y, desde allí, a puerto. O tal vez, la droga no se transportara en el barco de Clark sino que se distribuía directamente desde el complejo. Pero, entonces, ¿qué hacía Clark allí? No tenía sentido. Al menos, de momento.

—¿No te encantan las coincidencias? —le preguntó su compañero.

Según Blake, la presencia de Clark en Seaport y el movimiento de un alijo no era coincidencia.

—Te tengo que dejar.

—Cuídate —le dijo Luke.

—¿Algún problema? —le preguntó Scott una vez sentados en una mesa.

—Tenemos una conexión entre Clark y la droga —contestó Blake contándole lo que le acababa de decir Luke—. No creo que transporten la droga en el yate de Clark. Más bien, creo que la fabrican en otro lugar del complejo.

—No creo. No hemos encontrado absolutamente nada que indique que en el complejo hay un laboratorio.

—Pero Ronnie y yo estamos aquí precisamente porque Anderson y tú no podíais moveros a vuestras anchas por el complejo.

—Anderson ha visto más que yo y eso me ha dicho.

—Está aquí, McCall, estoy seguro.

—Hablaré con Anderson. ¿Algo más?

Blake le contó cómo Clark los había invitado a su barco.

—No creo que encontremos nada, pero...

—Será una buena oportunidad. Tal vez, con un poco de suerte... Hablando de suerte, ¿qué tal con Carmichael?

—Muy bien, es mi compañera —contestó celoso.

McCall se encogió de hombros.

—No sería la primera vez.

—¿Por qué no me cuentas lo que tienes en mente, McCall? —dijo Blake quitándose las gafas de sol.

—Carmichael tiene fama de mantener relaciones extralaborales durante las horas de trabajo. Es muy guapa. Si yo estuviera en tu lugar…

Tenía tantas ganas de darle un puñetazo que tuvo que abrir y cerrar la mano varias veces.

—Y me lo cuentas para mejorar las relaciones entre nuestros departamentos, ¿verdad? —dijo Blake con sarcasmo—. Mira, el pasado de Ronnie no es asunto mío.

—Pues debería serlo porque sus compañeros suelen terminar en bolsas de plástico.

«Se demostró que yo no tuve nada que ver y lo sabes».

Blake recordó las palabras que Ronnie le había dicho a McCall. No debería preguntar, pero su propio pasado le impidió no hacerlo.

—¿Y eso qué quiere decir?

Debería preguntárselo a ella. Pero no le hubiera contestado.

—La primera vez, no fue culpa suya. Era una novata y le tocó un veterano que era un testarudo. A Pete Johnson le gustaba hacer las cosas a su manera. Su padre podría haber movido unos hilos y haber conseguido que la cambiaran de destino, pero el viejo Carmichael prefirió que su hija fuera tan dura como él. Estaban vigilando en Oak Glen y la cosa se complicó. Johnson murió. Carmichael estaba demasiado verde, así que se enfrentó a ellos sin esperar refuerzos.

Tuvo mucha suerte de salir viva. Nos podría haber pasado a cualquiera.

Blake sabía que así era.

—Se llevó por delante a dos o tres, pero aquello la marcó mucho. Fue la primera vez que tuvo que disparar contra alguien.

—¿Y la segunda vez?

—Para ser sinceros, nadie sabe lo que ocurrió. Los rumores se mezclaron con la verdad y, como ella nunca se ha defendido, nos ha hecho que creamos los rumores.

—Ella dice que se probó que no tuvo nada que ver —apuntó Blake.

McCall se echó hacia atrás en la silla.

—Yo solo sé que nunca habla de ello. Solo con Asuntos Internos y con los psiquiatras. Así que te preguntas si serán ciertos los rumores. Es difícil de saber. No sabes hasta qué punto conoces a una persona.

Blake quería defender a Ronnie, pero no podía.

—Tú disparas y Asuntos Internos investiga —dijo por fin.

—Exacto, pero la cosa se complica cuando un agente mata a otro.

—¿Me estás diciendo que mató a su compañero?

—Sí, le pegó un tiro entre las cejas.

Capítulo once

Blake iba sentado al lado de Ronnie en la lancha que los llevaba al yate de Clark. La conversación mantenida con Scott todavía le zumbaba en los oídos. Se sentía dividido entre el sentimiento de protección hacia ella y la sospecha. La última estaba ganando.

Ningún policía en su sano juicio querría trabajar con ella. Para ser sinceros, él tampoco habría querido si hubiera sabido al comienzo de la investigación lo que sabía ahora. Ya había tenido una experiencia con un mal policía y no quería repetir.

Solo había una manera de saber la verdad: enfrentándose a ella. Sin embargo, no sabía si Ronnie iba a querer sincerarse con él. Lo único que se le ocurría era contárselo todo, incluido lo que sentía por ella.

Después de todo lo que había pasado, entendía que quisiera protegerse. Quizá, si supiera lo que sentía por ella, que quería que fuera algo duradero, y si admitía que había oído los rumores sobre sus dos compañeros anteriores, Ronnie se animara a contarle la verdad. Lo que sí sabía era que, si ella se negaba a ser sincera con él, no tendría esperanzas de un futuro en común. Una relación no podía subsistir sin sinceridad y confianza. Así que, si no le contaba la verdad, por mucho que le doliera, se vería obligado a alejarse de ella una vez resuelto el caso.

Los recogió un hombre de unos cincuenta años que dijo llamarse Nick.

—¿Es ese? —preguntó Ronnie señalando un enorme barco.

—Exacto, señora St. Claire.

—Es precioso, ¿verdad, Blake? —dijo encantada—. Seguro que se puede dar la vuelta al mundo con uno así.

—Quizá deberíamos pensar en comprarnos uno —dijo para que Nick lo oyera—. Hablaré con Alister.

—Cómo me mimas, Blake —dijo ella poniéndole la mano en el muslo.

—No te emociones. Todavía ni lo has visto por dentro.

—Me estás pidiendo algo imposible —contestó Ronnie riéndose. De repente, su expresión cambió y lo miró fijamente a los ojos—. Está grabado.

Nick se rio, pero Blake se quitó las gafas de sol y la miró mientras absorbía la información. Ronnie asintió y Blake tuvo que morderse la lengua para no soltar una retahíla de improperios. Ronnie había decidido hacer algo que los ponía a ambos en peligro. Nunca habían hablado de llevar un micrófono y, si lo hubieran hecho, desde luego, no habría sido ella la elegida.

Ronnie se mordió el labio mientras Nick colocaba la lancha junto al Mary Alice.

—Preparados para subir a bordo —dijo el hombre apagando el motor.

Los acompañó a cubierta y los dejó con un camarero que les preguntó qué querían beber.

Blake sabía que Clark tenía mucho dinero, pero estaba estupefacto ante la inmensa fortuna que había amasado en los últimos diez años.

Ronnie miró a su alrededor.

—No lo veo.

Había más invitados en cubierta, a los que estaban atendiendo otros dos camareros. El suyo volvió con una copa de vino blanco y una cerveza de importación.

—¿Dónde está su jefe? —le preguntó Blake.

—Me parece que el señor Clark está en una reunión. Pónganse cómodos. Enseguida estará con ustedes.

—¿Qué hacemos ahora? —murmuró Ronnie cuando el camarero se hubo ido.

Blake la agarró del codo y la llevó hacia la borda.

—Hacemos como que estamos teniendo una conversación personal mientras admiramos la vista —contestó Blake situándose detrás de ella y agarrándose a la barandilla. Esperaba notar la grabadora, pero solo notaba sus suaves curvas.

Señaló un lugar cualquiera del horizonte.

—¿Qué demonios estás haciendo? —le dijo al oído.

—Hacer ver que me interesa lo que estás señalando —contestó ella.

—¿Dónde llevas la grabadora?

—Donde nadie la puede encontrar.

—¿Quieres que nos maten? ¿Por qué no me lo has comentado?

Ronnie se giró y le pasó el brazo por el cuello.

—Porque no había tiempo —contestó—. Tomé la decisión y la puse en marcha.

—¿Quién está al otro lado?

—Nadie. El equipo remoto está en la habitación.

—No me parece buena idea. No me da buena espina.

—No te preocupes. Si algo fuera mal, nuestra gente encontraría la cinta en la habitación. Además, para que alguien encontrara la grabadora tendría que acercarse mucho.

La tomó de la cintura y la apretó contra él.

—Siempre y cuando no estés fuera de cobertura. Ten los ojos bien abiertos y ten cuidado —le dijo—. Esta mañana han interceptado un alijo de cocaína en Los Ángeles. Me apuesto el cuello a que la reunión de nuestro anfitrión tiene algo que ver con ello.

—Si ya ha movido la mercancía, ¿qué hacemos aquí? —dijo maldiciendo—. Alister, me alegro de verte —añadió con una gran sonrisa.

Blake se giró sin soltarla y estrechó la mano de su anfitrión.

—Nick me ha dicho que estabais a bordo. Siento haberos hecho esperar, pero he tenido un problema con una inversión. Tú ya me entiendes, Blake.

—Claro —contestó él—. Ronnie y yo estábamos admirando la vista.

—Sí, es espectacular —convino Clark—. Los atardeceres son todavía más espectaculares, ¿verdad, cariño?

La pelirroja de ojos claros que estaba a su lado sonrió levemente.

—Mi mujer, Cheryl —los presentó Clark—. No le gusta mucho navegar.

Cheryl los miró, se excusó, tomó una copa de champán y se fue a tomar el sol.

—Este es Steven Ramsey —añadió Clark presentándole a un hombre moreno que estaba a su lado—. Es mi amigo y socio. Esta es su amiga, Hilary Jacobs. Blake y Verónica St. Claire, de Savannah, ¿verdad?

—Exacto. Llamadme Ronnie —dijo ella con una sonrisa radiante.

Blake se quedó de piedra. Había visto a Ramsey antes, pero no sabía dónde. Aquel hombre no era un camello. Iba estupendamente vestido y era de lo más elegante y educado.

Mirando a su alrededor, comprobó que ninguno de los presentes tenía pinta de estar metido en semejantes negocios.

—¿Nos hemos visto antes? —le preguntó el hombre al estrecharle la mano—. Su cara me suena.

—¿Va usted a menudo a Savannah? —dijo Blake con naturalidad. Maldición, aquello le olía mal.

—No —contestó Ramsey—. No sé de dónde, pero sé que nos conocemos.

—¿A qué tipo de negocios se dedica usted, señor St. Claire? —preguntó Hilary, una rubia menuda de ojos vivarachos y que no debía de tener más de veintidós años, veinte menos que su acompañante.

—A ninguno en especial —contestó Ronnie—. Blake pica aquí y allá. Nada logra retener su atención durante mucho tiempo.

—Alister nos ha dicho que están ustedes

de luna de miel —añadió la joven mirando a Ramsey de forma significativa.

—Sí. No pudimos decir que no a la invitación de Alister para salir a navegar. Le voy a decir que me dé una vuelta por el barco —contestó Ronnie—. La verdad es que, a lo mejor, nos compramos uno nosotros también —añadió en voz baja.

Clark se metió las manos en los bolsillos.

—Me temo que ha habido cambio de planes. Levamos anclas esta noche.

—Permítame que yo le enseñe el barco —dijo Hilary agarrándola sin que le diera tiempo a protestar—. Vosotros hablad de negocios. Nosotras vamos a ver los camarotes.

—No sé…

—No se preocupe —dijo Hilary—. Prometo devolverle a su mujer sana y salva.

Ronnie se encogió de hombros y siguió a Hilary a la popa de la embarcación.

No entraba en sus planes separarse de Blake, pero no podía negarse a la invitación de Hilary después de haber dicho que quería ver el barco. Además, el comentario de Ramsey la había dejado de lo más preocupada. No sabía si Blake lo conocía, pero que el otro lo conociera a él solo le daba ganas de salir de allí corriendo.

—Ya verás qué bonitos son los camarotes —dijo Hilary bajando por las escaleras—.

Alister hizo que uno de los mejores decoradores de Los Ángeles se hiciera cargo de ellos.

Ronnie quedó francamente impresionada por la elegancia de las estancias.

—¿Hace mucho que Steven y tú conocéis a Alister?

—Yo, no, pero Steven sí. Creo que se conocen de cuando Steven era abogado.

—¿Steven es abogado?

—No, ya no. Ahora es juez —contestó—. Los demás camarotes están ocupados, pero no creo que a Alister y a Cheryl les importe que te enseñe el suyo. Es impresionante.

Ronnie sintió un escalofrío en la espalda mientras seguía a Hilary por el pasillo. Era muy posible que Blake hubiera testificado ante Ramsey en algún juicio. Tenían que salir de allí antes de que Ramsey recordara de qué conocía a Blake.

—Es este —anunció la rubia abriendo una puerta—. ¿Estás bien? Estás muy pálida.

Estaba aterrorizada.

Nunca se había desmayado, era una mujer fuerte, pero pensó que, si fingía un poco, Hilary iría a buscar a Blake.

—Necesito tumbarme —contestó en un hilo de voz yendo derecha a la cama de Clark.

Hilary le puso una toalla húmeda en la frente.

—Me habrá sentado mal algo que he comido —mintió Ronnie.

Hilary se sentó en el borde de la cama y la miró con sincera preocupación.

—Puede que el mar no te haya sentado bien. ¿Necesitas algo?

Ronnie sonrió levemente.

—¿Te importaría avisar a Blake?

Hilary se mordió el labio como dudando de si dejarla a solas en el camarote de Clark. Al final, se levantó y fue hacia la puerta.

—¿Te importaría cerrar la puerta? No quiero que me vean así.

Hilary obedeció y se fue. Ronnie no tardó ni dos segundos en levantarse y comenzar a registrarlo todo. Quería encontrar el cuaderno de bitácora, pero no hubo suerte. Debía de estar en el puente de mando.

No tenía mucho tiempo porque no era de esperar que Blake fuera a aparecer solo. Aun así, entró en el baño. Nada. De repente, vio una puerta abierta en la zona de la ducha. Allí estaba. Abrió el cuaderno y vio columnas y más columnas de cantidades y de anotaciones. Era la mercancía que el Mary Alice llevaba. Mercancía ilegal.

Había otro cuaderno igual. Leyó algunas entradas en voz alta para que quedaran grabadas. Había una serie de puertos anotados.

Ya tenían pruebas.

Ronnie oyó voces y pasos en la habitación.

—¿Dónde está? —dijo Clark en tono amenazante.

Estaba claro que, si la encontraba, podía darse por muerta.

Blake no conseguía seguir la conversación que estaba manteniendo con Lloyd Barrett y Sherman Jones, dos altos ejecutivos de uno de los bancos más importantes del país. Estaban hablando de que la Reserva Federal no bajaba los intereses o algo así. A él solo le interesaba Ronnie y volver cuanto antes a tierra. Le había llevado tan solo diez minutos identificar a Ramsey, así que supuso que el juez corrupto no tardaría mucho más en recordar quién era él.

Ronnie llevaba por ahí más de cuarenta y cinco minutos. Ya tendría que haber vuelto. Al ver que Clark también había desaparecido, se puso todavía más nervioso.

Miró hacia Ramsey, que estaba hablando con el dueño de unos estudios de cine, y vio aparecer a Hilary. Sola.

Ronnie estaba en apuros. No era una coincidencia que Clark hubiera desaparecido sin que ella hubiera vuelto.

Si iba hacia Hilary y le pedía que lo llevara junto a Ronnie, corría el riesgo de desencadenar algo peligroso. Decidió ir en su busca por su cuenta.

Se excusó y fue hacia la escalera que bajaba a los camarotes. Fue abriendo todas las puertas que encontró a su paso. Al llegar a la última, se tensó. Oyó una risa femenina nerviosa.

Era Ronnie.

Abrió la puerta y se quedó de piedra. La había creído en peligro, nunca se podría haber imaginado aquello. La sorpresa dio paso a los celos más terribles.

Clark estaba sentado en una silla con una copa en la mano y su sonriente «mujer» estaba en mitad de la estancia con una toalla anudada alrededor del cuerpo.

Capítulo doce

Blake juró y se paseó de nuevo por la habitación. No quedaba en él nada del policía controlado que había sido. Ver a Ronnie medio desnuda ante Clark lo había puesto furioso. Los había puesto a los dos en peligro. ¿Para qué? Eso era lo que quería averiguar.

—Nos podrían haber matado a los dos por tu numerito de antes —le dijo alzando la voz.

Ronnie no decía nada; dejaba que se desahogara.

—No sé por qué te pones así —contestó Ronnie echándose hacia atrás en la silla—. Por fin, tenemos las pruebas.

—¿No lo sabes?¿No lo sabes?

Miró al cielo. No sabía que todavía estaba angustiado ante lo que le podía haber pasado, no sabía que, si la hubiera perdido, si Clark le hubiera hecho algo, lo habría matado con sus propias manos.

—¿Te dice algo la expresión «cuarta enmienda»? —añadió.

Ronnie suspiró y lo miró con intensidad. Estaba a punto de perder la paciencia también.

—No hace falta ponerse sarcástico. Cuando registren el barco, encontrarán el compartimento donde guarda el segundo cuaderno de bitácora. Exactamente igual que lo he encontrado yo.

Bien, tenía razón en eso. Los guardacostas registrarían el barco y encontrarían lo mismo que Ronnie, que había violado la cuarta enmienda. Habían hablado con McCall y con Anderson y ambos esperaban órdenes. Había llamado a Luke para ver si había interrogado a Bill Hillman, pero nada. Solo les quedaba esperar. Ningún juez le daría una orden de registro porque su cuñado estuviera involucrado en un cargamento de droga. No podían hacer nada. Bill debía confesar que Clark estaba involucrado.

—Bien, tienes razón. ¿Por qué no me cuentas qué hacías medio desnuda delante de Clark?

—Estaba haciendo lo que tenía que hacer para impedir que termináramos devorados por los tiburones. Estaba haciendo mi trabajo.

—¿Ah, sí? ¿Y por qué no me informaste de nada? Por si no te ha dado cuenta, soy tu compañero.

Ronnie clavó las uñas en la butaca.

—No estaba previsto que me pillaran registrando el camarote de Clark —le espetó—. Vi la oportunidad y la aproveché. No te atrevas a decirme que tú no habrías hecho lo mismo. Le dije a Hilary que fuera a buscarte para decirte que Ramsey era juez, pero ella apareció con Clark. Al oírlos, hice ver que estaba vomitando y no entraron en el baño. Me dio tiempo de poner el cuaderno en su sitio, de mojar el vestido y de desnudarme. Les dije que me había tenido que duchar porque había manchado el vestido por completo. Por suerte, Hilary tenía unos vaqueros para prestarme que, por cierto, me están muy apretados.

—¿Y la grabadora? —preguntó Blake para no tener que admitir lo bien que le quedaban los vaqueros en cuestión.

Ronnie sonrió y se desabrochó los pantalones dejando al descubierto la cinturilla roja de las braguitas.

—Ya te dije que era imposible que la descubrieran.

Blake no se lo podía creer. Se había pegado la grabadora, que era como una tarjeta de crédito, en la tripa. La despegó y se quitó también los vaqueros.

—Sigo sin entender cómo acabaste medio desnuda delante de Clark.

Ronnie lo miró con impaciencia y cruzó la habitación hacia el armario.

—¿Por qué insistes? —preguntó poniéndose unas braguitas—. ¿Qué importa?

—Importa.

—No, contéstame tú por una vez —dijo poniéndose un sujetador a juego—. ¿Por qué te importa tanto?

Blake comprendió que había llegado el momento de poner toda la carne en el asador.

—Estaba haciendo mi trabajo, Blake —dijo terminando de ponerse unos vaqueros y una camisa blanca—. Hice lo que tenía que hacer y eso nos salvó la vida a los dos.

Blake dio un paso hacia ella, pero Ronnie se giró y se metió en el baño. La siguió y se apoyó en el marco de la puerta.

—¿De verdad? ¿Cómo quieres que lo sepa si no paras de huir de mí?

—No pienso huir hasta que no hayamos detenido a Clark —contestó Ronnie tras una larga pausa.

—Esto no tiene nada que ver con él.

—¿Entonces?

—Háblame de tu anterior compañero.

Miró al horizonte y abrió el grifo.

—Trevor y yo éramos pareja —contestó con voz neutra.

—¿Eso es todo? —insistió sabiendo la contestación. Quería oírla de sus labios, quería que confiara en él.

Ronnie se secó la cara.

—Has hablado con Scott, ¿no? ¿Qué te ha contado?

—Todo lo que sabe.

Dejó la toalla en su sitio y se giró hacia él. Lo miró con dolor y con miedo. Blake se odió por hacerle aquello, pero tenía que confiar en él.

Se fue a la habitación y se sentó en la cama.

—No sabe ni la mitad de lo que cree saber —dijo.

—Eso dice él.

—No tengo que justificarme ni ante él ni ante nadie. Hice lo que debía.

—Me ha dicho que estuviste metida en algo muy feo.

Ronnie se rio con desprecio.

—Sí, pero no como ellos se creen. Te podría dar mil excusas: joven, inexperta, incluso arrogante. ¿Te ha contado que dicen de mí que dejo viudas a todas las mujeres del cuerpo?

De repente, Blake comprendió que aquel comportamiento suyo, aquella obsesión por no perder el control no era arrogancia sino un escudo protector porque no se sentía querida por sus compañeros en un cuerpo al que ella nunca había querido pertenecer. Así, impedía que la hicieran sufrir emocionalmente. Si no permitía que nadie entrara en su vida, nadie podría hacerle daño. Aquello se traducía en soledad.

—Trevor Greenwood era un seductor —dijo—. Además, yo creía que era un agente fuera de serie. Tras el tiroteo en el que murió Pete Johnson, mi primer compañero, Trevor fue el único que no me hizo la vida imposible. Fue una gran alegría cuando me dijeron que iba a ser su compañera. Trevor siempre tenía algo entre manos, resolvía mucho casos. Yo creía que tenía una especie de sexto sentido y quería ser como él. En realidad, los casos que resolvía no eran muy importantes y, mientras él estaba deteniendo a unos camellos de poca monta, los peces gordos hacían lo que querían. Decía que le habían dado un soplo, siempre anónimo, y allá que íbamos. Vigilábamos, pero nunca eran grandes cosas.

—Era un señuelo.

—Exacto. Trevor sabía dónde se iban a llevar a cabo las operaciones importantes y nos mantenía lejos. Los chicos malos hacían sus negocios, el departamento estaba contento porque Trevor siempre detenía a alguien y él se embolsaba un bonito dinero.

—¿Cuánto tiempo llevaba haciéndolo?

—Bastante. Más o menos a la vez que el tiroteo de Oak Glen, el compañero de Trevor murió en un encontronazo con la familia Mancuso. En el momento, yo ya tenía bastante con lo mío, pero ahora lo recuerdo y no creo que fuera un accidente.

—¿Crees que fue Trevor?

—Sí, pero nadie lo pudo probar.

—¿Cómo averiguaste que Greenwood estaba vendido?

—Por casualidad. Lo tenía delante de mis narices, pero no lo veía —contestó Ronnie encogiéndose de hombros—. Tal vez, no quería verlo. Estaba completamente enamorada de él, como una tonta.

—¿Creías todo lo que te decía?

—Ya te lo he dicho —contestó Ronnie—. Quería creerlo. Tenía una casa enorme, cuadros y un Jaguar, pero yo me creía todas las excusas que me daba. Me decía que todo era de sus padres.

¿Quién era él para juzgarla? A él también lo habían engañado. Nadie sabía que la agente Kate Morgan se había pasado de bando. Un agente y una mujer inocente estuvieron a punto de morir para desenmascarar a Devlin Shore, que había estado relacionado con Clark en el pasado. Aquella mujer, Bailey Grayson, era la persona de la que el compañero de Blake, Morgan, estaba enamorado. Shore la había secuestrado, pero consiguieron liberarla. Mason se llevó un tiro en la pierna. Se fueron a vivir a Chicago y Bailey acababa de tener la tercera niña.

—¿Cuándo te diste cuenta por fin?

—Estábamos en su casa después de una operación que había sido importante para él. Fue a la habitación y, al ver que no volvía, fui a buscarlo. Lo vi metiendo dinero de una bolsa en una caja fuerte. Él no me vio. Puse una excusa y me fui. Pasé todo el fin de semana intentando decidir qué debía hacer. El lunes por la mañana, le dijo que no quería seguir saliendo con él.

—Aquello no le debió de sentar muy bien.

—Como una patada en el estómago. Yo ya había pedido que me cambiaran de compañero, pero no le dije nada. Lo que hice mal fue no contarle a nadie mis sospechas. No podía decírselo a mi padre porque Trevor era como un hijo para él. El pobre hombre ya veía a la siguiente generación de agentes de la DEA. Además, pensé que necesitaba más pruebas antes de poder acusarlo. Ante los demás, era un buen agente, con una hoja de servicio impecable, a todo el mundo el caía bien. Además, todos sabían que estábamos liados. Corrían rumores de que me engañaba con otra y de que había sido él quien había pedido cambio de compañera. Si hubiera dicho algo, habría parecido que estaba intentando vengarme.

Blake sintió deseos de abrazarla, de reconfortarla, pero sabía que debía dejar que lo soltara todo. Según McCall, nunca había hablado con nadie sobre aquello. Dejarla desahogarse sería bueno.

—Estaba mal. Lo único que podía hacer era demostrar que Trevor estaba implicado. Comencé a seguirlo. Al cabo de dos semanas, tuve suerte. Lo vi subir a un Lincoln negro y pensé que aquello era algo gordo. Lo que no sabía era que me estaban esperando. Trevor se había dado cuenta de que lo estaba siguiendo y yo fui directa a la trampa que me tendieron Johnny Mancuso y él. Planearon matarme y hacer ver que era yo la que hacía tratos con la mafia. Trevor quedaría como un héroe y todo solucionado. Tuve la suerte de que se pusieron a discutir entre ellos, y aproveché el momento para ir a por Mancuso. Me disparó, pero falló. Los dos nos tiramos al suelo. A él se le cayó el arma y...

—La tomaste y disparaste contra Trevor —concluyó Blake.

Ronnie cerró los ojos e intentó respirar con normalidad mientras el dolor la invadía. No era ya por la traición de Trevor sino por algo que le atenazaba el corazón.

Abrió los ojos intentando buscar consuelo en la mirada de Blake, pero no lo halló porque ni siquiera su comprensión podía borrar las agrias palabras de su padre, que la había acusado de traición.

Blake fue hacia la cama, mulló las almohadas y se tumbó. Tomó a Ronnie entre sus brazos y la abrazó. Ella pensó que estaba en la gloria, pero se dio cuenta de que solo les quedaban unas horas juntos antes de cerrar el caso y despedirse.

Aquello hizo que se le encogiera el corazón.

—Era matar o morir —dijo—. No tuve opción.

—Lo sé, cariño —dijo Blake apretándola contra sí.

—Nunca se lo había contado a nadie. Ni siquiera a mi padre. Lo intenté, pero él ve las cosas a su manera. Solo lo saben los de Asuntos Internos y mis superiores inmediatos. Quise dejar la agencia porque sabía que mis compañeros no iban a querer trabajar conmigo. Así ha sido. De hecho, me dieron a un novato que no había oído nada de esto, y con él estoy. Cuando me enteré de este caso, me presenté voluntaria. Lo único que me interesaba era hacerme con la prima que ofrecían por resolverlo, pero no ha salido así gracias a Scott. Nunca quise ser agente. Ya no puedo más.

—Entiendo que quieras dejarlo, pero,

¿una tienda de antigüedades?

Ronnie lo miró a los ojos y vio compasión, amor y otros muchos sentimientos. Se preguntó si él estaría viendo lo mismo en los suyos. Las chispas de pasión se habían convertido en algo mucho más profundo. ¿Amor?

—La familia de mi madre vive en Savannah, lo suficientemente lejos de Nueva York, donde viven mis padres. Quiero una vida tranquila, Blake. No quiero delincuentes ni armas ni rumores.

—No sé, preciosa —dijo él sonriendo—. No creo que aguantes más de un mes sin aburrirte.

—He hecho un máster y soy licenciada en Derecho. No me parece una locura.

Blake se rio.

—Mejor me lo pones. ¿Has pensado en unirte a Corporate America?

Ronnie sonrió.

—Quiero despertarme por las mañanas sabiendo que lo que haga no será cosa de vida o muerte —contestó. Había decidido lo que quería hacer con su vida y ni él ni nadie la iba a hacer cambiar de opinión.

—Lo fácil es huir, pero no puedes esconderte del mundo, Ronnie.

Ronnie dejó de sonreír y lo abrazó.

—No nos queda mucho tiempo —dijo

besándolo—. Vamos a aprovecharlo en lugar de hablar de cosas que no nos van a llevar a ningún sitio —añadió sintiendo su miembro. Al instante, ella también se excitó.

—No tiene por qué…

Ronnie le puso un dedo sobre los labios.

—Shh —musitó.

No quería oír que no tenía por qué haber un adiós. No había otra opción. Debía alejarse de él; todavía podría salvar su corazón. Alejarse de él iba a ser lo más difícil de su vida, pero sería mejor que quedarse y arriesgarse a sufrir.

—No quiero hablar, Blake. Hazme el amor.

Capítulo trece

—Quiero prometerte algo —dijo Blake acariciándole la espalda.

—Lo sé, pero yo solo tengo el ahora. Es lo único que te puedo dar —contestó Ronnie pasándole los dedos por el pelo.

Blake le acarició los labios con el pulgar y ella cerró los ojos. Blake se echó hacia delante y la besó.

Sin dejar de besarla, se colocó sobre ella y la desnudó. Deseosa de sentirlo dentro, Ronnie le quitó la camisa y los pantalones. No les llevó mucho tiempo terminar de desnudarse y comenzar el trayecto hacia el paraíso.

Ronnie gimió y arqueó las caderas hacia él.

—Estás impaciente, ¿eh? —bromeó él.

—Te deseo, Blake —contestó ella con voz ronca—. Ahora.

Blake ignoró su ruego y se tomó su tiempo para aumentar la tensión con sus manos y su boca expertas. Exploró su cuerpo y la volvió loca. A pesar de no querer promesas, no estaba preparada para la cantidad de sentimientos que la asaltaron cuando lo tuvo por última vez entre las piernas. Se arqueó contra él y Blake se introdujo en su cuerpo.

Le agarró la cara y la miró a los ojos.

—Déjame que te quiera, Ronnie —le dijo—. Confía en mí. Confía en tu corazón.

Ronnie sintió lágrimas en los ojos y se apretó contra él para sentirlo más dentro. Se encontró presa de una tormenta de sentimientos. Sus defensas no podían hacer nada contra el amor que emanaba de los ojos de él. Sintió que los muros que rodeaban su corazón caían y supo que había perdido la partida.

La derrota se le antojó de lo más dulce.

Blake entrelazó sus dedos mientras sus cuerpos se movían al compás hasta que ambos alcanzaron el clímax a la vez.

Ronnie comprendió que su corazón pertenecía a Blake y que no quería separarse de él jamás.

El timbre del teléfono sacó a Blake de su sueño. Eran las cinco de la tarde. Hacía tres horas que habían vuelto a tierra.

Ronnie se estiró a su lado y él pensó que le encantaría despertarse así todos los días de su vida. Ojalá pudiera convencerla. Sabía que no debía albergar demasiadas esperanzas, pero no estaba dispuesto a dejarla marchar sabiendo que lo único que se interponía entre ellos era miedo. Estaba dispuesto a vencerlos todos hasta rendir su corazón. No sabía si ella se habría dado cuenta, pero el suyo ya le pertenecía.

—¿Qué pasa, compañero?

Se despertó rápidamente al oír la voz jovial de Luke.

—¿Tu amigo ha cantado?

—Como un canario —rio Luke—, pero no lo quiere contar todo hasta que no le prometamos protección.

Blake asintió a Ronnie, que se levantó y se fue al baño. Segundos después, oyó la ducha y deseó poder estar con ella.

—¿Estás listo?

—Sí —contestó con calma.

—Tengo aquí todos los documentos. Te los voy a mandar por fax. Así, podrás terminar con esta... operación cuanto antes. Ten cuidado y dales guerra.

—Dalo por hecho.

Georgia Anderson era alta y fibrosa. A Blake le cayó bien desde el principio. Además, no percibió en ella animadversión hacia Ronnie, como le había ocurrido con Scott.

Tras la llamada de Luke, no habían tenido tiempo para hablar, pero, cuando Clark estuviera entre rejas, iba a aclarar las cosas con Ronnie.

Cuando llegaron al apartamento que McCall y ella compartían, estaban llegando por fax los documentos de los que le había hablado Luke y la declaración firmada de Hillman.

—Según Hillman, fabrican la droga en un búnker abandonado de la Segunda Guerra Mundial —apuntó Blake leyéndola.

—Pero eso no explica las apariciones de Clark cada diez días ni demuestra que tenga nada que ver con el complejo —objetó McCall.

—El búnker está en los terrenos del complejo y el complejo es de una de las empresas de Clark, así que…

—Según esta confesión —intervino Ronnie—, Clark es dueño del complejo y se encarga de traer la materia prima al laboratorio. El barco se utiliza para dar fiestas. Los invitados no tienen ni idea de lo que lleva en la bodega.

—Clark dijo que levaban anclas esta noche —dijo Ronnie—. Debemos actuar. Debemos encontrar el búnker y ver si la droga está allí. Si no es así, está en el barco que zarpa esta noche.

Blake se levantó con la orden de registro y

se dirigió a McCall.

—Anderson y tú id con los guardacostas y participad en el abordaje. Nosotros nos encargaremos de localizar el búnker.

Ronnie cargó su arma y lo miró.

—Vamos —le dijo.

Tumbada boca abajo junto a Blake, Ronnie observó la cala. El Mary Alice todavía estaba allí y reinaba el más absoluto silencio. Tenían el efecto sorpresa de su parte.

Estaba anocheciendo y no se veía mucho.

—Tenemos que bajar —dijo.

—¿Qué te parece si tú te quedas aquí mientras yo bajo a buscar el laboratorio? —propuso Blake.

—No —contestó ella poniéndose en cuclillas. No era porque quisiera entrar en acción sino porque no quería perderlo de vista.

Blake suspiró.

—Vamos, creo que he visto un lugar más fácil para bajar por allí —dijo levantándose.

Ronnie oyó un ruido a sus espaldas, se giró y lo vio caer a su lado antes de que su mundo se volviera completamente negro.

Al recobrar la conciencia, Ronnie oyó un zumbido constante.

Abrió los ojos y los volvió a cerrar del dolor. El que le había dado el golpe en la cabeza lo había hecho a conciencia.

¿Dónde estaba? ¿Y Blake?

Tomó aire y decidió buscar la manera de salir de allí. Al menos, no la habían atado.

Estaba sola, no parecía haber nadie vigilándola. El ruido parecía un generador. No sintió el balanceo de las olas, así que supuso que no estaban en el barco. Abrió los ojos y pensó que estaba dentro del búnker.

Oyó voces, se abrió la puerta y metieron a Blake de malos modos. Tenía sangre en la cabeza y el labio partido. Tuvo que contenerse para no correr a su lado. Se controló. Era mejor que sus carceleros no supieran lo importante que era para ella.

Miró a Nick en silencio. No sabía cuánto sabían y no quería darles pistas. Por la paliza que le habían dado a Blake, era obvio que él tampoco había hablado.

—Disfruten de su estancia en Seaport Manor —dijo, burlón, mirándola con frialdad.

Ronnie esperó a oír el cerrojo de la puerta para ir junto a Blake. Le colocó la cabeza en su regazo y lloró amargamente.

—Madre mía, ¿qué te han hecho?… No pasa nada, te pondrás bien, te tienes que poner bien. No sé qué haría si te ocurriera algo.

Estaba como inconsciente. Sabía que estaba vivo porque respiraba. Lo tomó entre sus brazos y lo acunó durante lo que parecían horas.

—Maldita sea, Blake, despierta, por favor —susurró. Sintió que se le desgarraba el alma de dolor. Lo quería. Era la única explicación—. No te mueras. Te necesito. Te quiero. ¿Era eso lo que querías oír? Sí, te quiero, Blake.

En ese momento, él abrió los ojos y sonrió como pudo.

—¿Me repites eso último, por favor?

Ronnie se apartó indignada.

—Lo has oído todo.

—No —contestó él levantándose—. Solo lo de que no puedes vivir sin mí y que me quieres.

—Eso ha sido un golpe bajo, Blake —dijo Ronnie—. Por cierto, no he dicho en ningún momento que no pudiera vivir sin ti.

Blake la estrechó entre sus brazos.

—No, pero sí que me necesitabas y me querías.

—Dios, Blake, menos mal que estás bien —dijo ella llorando y abrazándolo con fuerza—. No sé qué habría hecho si te hubieran matado.

—Yo estaba pensando lo mismo al no verte a mi lado. ¿Te han hecho algo?

—No —contestó Ronnie—. ¿Qué ha pasado? ¿Qué te han hecho?

—Ramsey se acordó de qué me conocía y supusieron que volveríamos a la cala. Nos estaban esperando.

—¿Qué van a hacer con nosotros?

—Me parece que nos van a dejar aquí para que nos muramos. Si no, nos habrían subido a bordo. Creen que somos los únicos agentes en la isla.

—Tenemos que salir de aquí.

—Es imposible. No te preocupes. McCall y Anderson sabrán dónde buscarnos cuando aborden el yate y no nos encuentren a bordo.

Ronnie suspiró y lo abrazó más fuerte.

—Nos vamos a perder la parte divertida.

Blake se encogió de hombros y la besó.

—Bueno, qué se le va a hacer. Me habría encantado arrestarlo yo personalmente, pero...

—¿Y qué hacemos nosotros mientras? —preguntó Ronnie sonriendo con malicia.

—Esperar mientras te digo una y otra vez lo mucho que te quiero.

Ronnie se rio.

—Me parece una buena filosofía de vida.

—¿Quiere eso decir que te interesa un ático en la playa?

Capítulo catorce

Un mes después

—¿Cuántas quedan? —preguntó Blake subiendo una de las cajas de Ronnie.

Ya entendía por qué quería poner una tienda de regalos. Por lo menos había ya una docena de cajas con el cartel de «frágil».

Todavía no había tomado ninguna decisión profesional, pero había dejado la DEA y él lo respetaba porque quería que fuera feliz.

—Diez más o así —contestó Ronnie desde la furgoneta—. Fuiste tú quien dijo que no contratáramos mozos para la mudanza —añadió—. ¿Qué pasa? ¿Superman ya no puede más?

Se rio cuando él la tomó entre sus brazos.

—Blake, si nos ponemos así no vamos a terminar nunca y quiero dejarlo todo hecho antes de irnos a Hawai.

—Tal vez, deberíamos cambiar de planes —contestó él mirándola con deseo.

De momento, no había querido casarse

con él, pero había accedido a irse a vivir a su casa, algo que para ella ya era un gran paso. Blake estaba decidido a seguir insistiendo hasta ponerle la alianza. Era solo cuestión de tiempo.

No habían tenido que esperar mucho en el búnker gracias a las dotes interrogatorias de las que Georgia había hecho gala con Nick. Ramsey había sido expulsado de la judicatura, Bill Hillman había ingresado en el programa de testigos protegidos y la mujer de Clark había pedido el divorcio.

—Hmm —dijo Blake acariciándola.

—Podría pasar alguien —objetó ella levantándole la camisa.

—Se supone que así es más excitante —dijo dibujando el lóbulo de su oreja con la lengua.

Ronnie gimió y suspiró.

—¿Todavía más?

Le pasó los brazos por el cuello y él la levantó en volandas. La sacó de la furgoneta y la metió en su casa.

—¿A dónde me llevas?

—A la cama, preciosa, para demostrarte que sí —contestó pensando que allí era donde la quería para el resto de su vida.